KB042630

무림에 떨어진 현대인 1

초판 1쇄 인쇄일 2021년 03월 10일 | **초판 1쇄 발행일** 2021년 03월 16일

지은이 청루연 | **펴낸이** 곽동현 | **담당편집 팀장** 이범수
편집부 정요한 최훈영 조혜진

펴낸곳 (주)조은세상 | 출판등록 제2002-23호
주소 서울특별시 동작구 동작대로1길 27 5층
TEL 02)587-2966 | FAX 02)587-2922
E-mail bukdu@comics21c.co.kr

청루연ⓒ2021
ISBN 979-11-6591-688-6 | ISBN 979-11-6591-687-9(set)
값 8,000원

무리에 떨어진

청루연 신무협 장편소설

현대인

1

청루연 신무협 장편소설

NEO ORIENTAL FANTASY STORY

CONTENTS

序章.

누군가 그랬다.

아름답고 후련한 죽음은 없다고.

죽음의 공포 앞에서는 누구나 한 모금의 숨이 더 간절하고,

한 폭의 생이라도 더 눈에 담고 싶으며, 지나온 생의 편린에

후회로 가슴이 무너지는 법이다.

지금 조영훈이 그랬다.

"끄으으으……."

박살 난 오토바이.

기형적으로 꺾인 팔과 다리.

머리에서 쉴 새 없이 흐르는 피.

풀린 두 눈으로 멀어져 가는 차량의 후미등을 힘겹게 바라
본다.

뺑소니범의 차량 넘버가 두 눈에 화인처럼 담겼지만 순간
헛웃음이 일었다.

그게 지금 무슨 의미가 있단 말인가?

도로 위를 흥건히 메운 핏물 웅덩이.

자신의 몸에서 이토록 많은 피가 흘러나올 수 있다는 것이
그저 놀랍기만 하다.

순식간에 찾아온 저체온증.

점점 혼미해져 가는 정신.

자신의 죽음을 직감한다.

순간 지나온 인생의 편린들이 뇌리를 가득 메운다.

평범했을까?

아니, 평범 이하다.

그저 그런 공부실력.

많지도 적지도 않은 인간관계.

다들 가니까 생각 없이 따라간 지방대학.

육군. 병장제대.

노량진. 9급 공시생 생활 7년.

33세 현재, 퀵서비스 배달원.

무엇 하나 제대로 이룬 것이 없는 삶이었기에 후회가 물밀
듯이 밀려왔다.

'어머니……!'

어머니만 생각하면 마음이 처참해졌다.

아버지와 사별 후 하나뿐인 아들 뒷바라지를 위해 어머니는 안 해 본 것이 없었다.

보험판매원, 요양간호원, 분식집, 꽃집 등…….

30대에 들어서는 그런 어머니에게 도저히 용돈까지 손을 벌릴 수가 없어 아르바이트를 시작했다.

대학부터 공시생 뒷바라지까지…… 어머니에게 남은 건 빚뿐이었다.

그런 어머니마저 그렇게 고생만 하시다가 작년에 췌장암으로 돌아가셨다.

어머니는 과연 날 자랑스러워하셨을까? 아니, 한 번이라도 내가 자랑스러웠던 적이 있었을까?

이 못난 아들이 그래도 당신의 전부였는데…….

참회의 눈물이 쉴 새 없이 쏟아져 나왔다.

순간 조영훈의 두 눈에 저 멀리 아스팔트 위로 반짝이는 붉은 빛이 들어왔다.

붉은 홍옥 목걸이.

한시도 몸에서 떼지 말라며 남겨 주신 아버지의 마지막 유품이었다.

이렇게 촌스러운 것이 무슨 집안의 보물이며 가보냐고, 어떻게 이런 걸 차고 다니냐고 투덜거렸었지만, 아버지가 돌아가신 후로 한 번도 뺀 적 없는 목걸이였다.

뼈가 부러지고 인대 역시 끊어져 만신창이가 된 팔이었지만 뻗으려 안간힘을 쏟아 본다.

"끄르르르르……."

발작적으로 몸에 힘을 주자 역한 피거품이 솟구쳤다.

갑자기 시야가 뿌옇게 변하며 허물어지듯 고개가 떨어진다.

그렇게 숨이 멎었다.

목걸이에서 엄청난 빛이 폭사되어 자신의 온몸을 휘감는 걸 보지 못한 채로.

조영훈은 엄청난 두통과 함께 타는 듯한 갈증을 느끼며 깨
어났다.

어? 내가 왜 살아 있는 거지?

분명 그것은 죽음이었다.

처절하리만큼 고통스럽고, 지독히도 외로운 죽음.

그 강렬한 죽음의 기억을 어찌 잊을 수 있겠는가?

그런데 이 생생한 감각들은 뭐지?

힘겹게 자리에서 몸을 일으킨 조영훈은 추레한 몰골의 중
년남녀 한 쌍을 의아한 눈으로 쳐다봤다.

'……거지?'

옛 중국의 전통복식처럼 보이긴 하지만 의복의 형태만 간신히 유지하고 있을 뿐 걸레짝이나 다를 바 없다.

저걸 과연 사람이 걸치는 옷(?)이라고 부를 수 있는지 그저 난감하기만 하다.

"여기가 어디……?"

조영훈은 너무 당황스러워 말을 잇지 못했다.

자신의 입에서 나온 말이 너무나 유창한 중국어였기 때문이다.

중국어는커녕 중국 여행 한 번 못 가 봤는데 중국말이 저절로 나오니 당황스러울밖에.

게다가 더욱 더 놀라운 것은…….

'……내가 조휘?'

한 소년의 열여덟 생애가 갑자기 머릿속에서 떠오른다.

고기 먹은 날을 손발로 셀 수 있을 만큼 찢어지게 가난한 삶이었다.

늘 철방 한편에서 한 많은 목소리로 복수 타령을 늘어놓는 아버지, 조순(曺順).

모든 원망을 남편에게 돌릴 법한데도 한결같은 마음으로 남편의 건강을 위해 불공을 드리는 어머니, 곡아영(鵠娥永).

무공을 지닌 협사들의 강호를 동경하여 자신의 별호와 독문병기까지 미리 정해 둔 철부지 형, 조혁(曺赫).

셋째만큼은 안 된다며 어머니께서 온갖 쓴 독초를 씹으며 유산을 바랐지만 보란 듯이 태어난 병약한 여동생, 조연(曹燕).

책을 읽는 것을 가장 좋아해서 여덟 살 무렵 아버지께 선물 받은 천자문과 논어를 불과 세 달 만에 모두 외워 버린 자신, 조휘(曹輝).

떠오른 기억 속의 조씨 일가는 찢어지게 가난하지만 늘 웃음꽃이 피는 단란한 가족이었다.

그리고 또 낯선 지식.

지금까지 단 한 번도 경험해 보지 못한 고대 중국의 역사와 문화, 학문적 이론, 병법, 예술 등…….

거의 모든 분야의 지식들이 파편처럼 간헐적으로 떠올랐다 사라졌다를 반복했다.

그 느낌은 마치 껌뻑이는 형광등 같아서 정말 묘한 느낌이었다.

분명한 것은 이 몸의 원래 주인이 지니고 있던 지식이 아니라는 것이었다.

또한 이것은 결코 한 사람이 경험할 수 있는 지식의 양도 아니었다.

무엇보다 가장 의문스러운 것은 뇌리 깊숙이 각인되어 있는 사마(司馬)라는 글귀였다.

그 글귀를 떠올리면 왠지 모르게 참을 수 없는 분노가 치밀어 올랐다.

그야말로 모든 것이 혼란 그 자체.

"어디긴 이 녀석아. 네 집이지. 몸은 괜찮은 것이냐?"

아버지의 걱정 가득한 물음에 조휘가 대답했다.

"머리가 지끈거리는 것만 빼고는 괜찮습니다."

조순은 그제야 안도하는 내색.

"꼬박 사흘을 누워 신음만 흘리더니…… 천만다행이로구나."

약관도 되기 전에 원기를 잃어 죽어 가는 마을의 가난한 자식들이 얼마나 많은가. 자신의 둘째 아들도 그들 중 하나가 되지 않으리란 보장은 없었다.

"원기를 회복하려면 뭐라도 먹어야 될 텐데……."

기쁨도 잠시, 곡아영의 얼굴에 수심이 그득하다.

철방(鐵坊)을 운영하고는 있지만 생산이 끊긴 지 오래라 가세가 기울어도 너무도 기울었다.

최근에는 하루에 한 끼를 챙기는 것조차 버거울 지경.

조순은 차오르는 눈물을 참으며 고개를 숙였다.

누워 있는 둘째 아들도 문제지만 다른 자식들도 언제 누울지 모른다.

이대로 얼마나 버틸지 정말 눈앞이 캄캄하기만 하다.

곡아영이 조순을 바라본다.

"가가…… 방 대인의 소식은 아직인가요?"

과거, 소금과 철은 황법에 의해 국가에 예속된 재산이었으나 후한(後漢) 염철론(鹽鐵論)의 논쟁 이후 다시 민간에 환원되었다.

자연스럽게 지방호족이나 군벌이 이를 차지했고, 대부분의 주(州)에서 자사직 관리들이 염산과 철광산의 이권을 독차지하고 있었다.

방불여.

그가 바로 이곳 안휘성을 대표하는 대호족이자, 곽구현의 철광산을 소유하고 있는 서주자사였다.

조순이 나직이 탄식하며 말했다.

"후…… 방 대인에게 줄을 대기 위해 기다리는 자들이 어디 한둘이겠소? 그저 천운이 닿길 바랄 뿐이오."

안휘에서 서주자사의 재가 없이 철방을 운영하는 것은 현실적으로 불가능하다.

철광석을 수급하지 못하는 철방은 철제 기구를 생산할 수 없기 때문에 기껏해야 간단한 수리로 연명할 뿐이었다.

더욱이 다른 먼 곳에서 비싸게 철광석을 매입해 온다고 해도, 자사가 내리는 매병패(賣兵牌)가 없는 이상 농기구밖에 생산하지 못한다.

가난한 농민들을 상대로는 큰돈을 벌지 못했다. 큰돈을 만지려면 무조건 도검(刀劍)을 생산해 내야 했다.

무엇보다 도검을 생산해 내지 못하는 철방은 명성이 추락해 수리 의뢰조차 점점 줄어드는 법.

지금의 조가철방이 딱 그런 상황이었다.

"화씨검문에서는 뭐라고 해요?"

"……."

아내의 말에 조순은 차마 입을 열지 못했다.

화씨검문(華氏劍門)의 소주 화서명.

조가철방이 급격하게 기운 것은 모두 그자 때문이다. 서주 자사 방불여에게 다리를 놔 준다는 약속의 대가로 자그마치 은자 이천 냥을 그에게 뇌물로 바쳤다.

설마 정도명가를 자처하는 가문의 소주가 사기를 치리라고는 상상조차 하지 못했기 때문이다.

무거워진 가슴을 안고 조순이 말했다.

"휘아를 잘 부탁하오. 잠시 나갔다 오리다."

"가가……."

◆ ◈ ◆

노답.

조휘는 아무리 생각해도 지금 자신에게 무슨 일이 일어나고 있는지 답을 내릴 수 없었다.

'차원이동 같은 건가?'

결국 결론은 이거 하나뿐인데, 만약 꿈이 아니라 지금의 상황이 진짜 현실이라면 헛웃음만 나올 뿐이다.

"하하……."

아직도 배달하지 못한 음식의 온기가 손에 남아 있는 듯한

데 차원이동이라니? 죽음도 받아들이기 힘든 판국에!

"와 시팔, 진짜 뭐지? 어떻게? 왜?"

물론 이런 소재의 판타지소설은 몇 번 읽긴 했다.

뭐 의대생이 과거로 가서 화타를 넘어서는 신의(神醫)가 된다든지, 법조인이 과거로 가서 대판관(大判官)이 된다든지…….

아니, 근데 나는?

7년 공시생 경험 외에는 아무것도 없다. 있다면 각종 알바 경험 정도?

몸의 원주인의 기억을 훑어봤을 때 이곳 중원은 그냥 세기말 무법시대?

딱 그런 느낌이다.

현대처럼 지문 감식도 없고 CCTV도 없다.

엄격한 황법과 이를 집행하는 관부가 있다고는 하나 법집행은 대부분 진술과 심증에 의존한다.

그러다 보니 고문을 누가 잘 견디냐, 누가 자백을 먼저 하냐, 이건 뭐 맷집 좋은 놈이 이기는 구조다.

그마저도 대부분의 사건은 그냥 묻힌다. 왜? 관인도 귀찮거든.

심문할 시간에 받은 뇌물로 기루나 가지 뭣하러 시체 검안하고 있나.

그러니 온 천지에 억울한 사연만 진동한다. 힘이 없으면 그냥 죽는 거고 그게 당연한 거다.

철저한 약육강식 강자존의 세계.

이런 미친 곳에서 나란 놈이란?

저잣거리에서 칼침 맞고 죽어 가도 누가 거들떠보기나 할 는지.

아, 그야말로 외롭고 비참하고 재주도 없는 한 마리의 배 고픈 토끼로구나.

뭐? 무공을 익히면 되지 않냐고?

후…… 이 몸의 원래 주인이었던 놈의 기억을 찬찬히 훑어 보자.

이곳 봉태현(鳳台縣)의 총가구 수는 자그마치 삼백 호다.

물론 현대인의 개념으로는 아파트 한 단지보다 못한 가구 수라 치부할지 모르겠지만 이곳 중원에서는 엄청난 대도시 (?)라 할 수 있다.

이런 현(縣)이 오십 개, 백 개 정도는 모여야 하나의 성(省) 이 되고, 그 성들이 또 여러 개 모여야 하나의 주(州)가 된다.

그런 주(州)가 아홉 개가 모여 이름하야 중원(中原).

당연히 일반적인 백성들은 주(州)는커녕 평생 일개 성도 벗어나지 못한 채 죽는다.

물론 웬만한 성(省)은 대한민국 국토의 전체 면적보다 넓다.

이동수단이 도보와 말(馬)뿐인 세상에서 성을 벗어난다?

그건 죽음을 각오한 모험이다.

이제 슬슬 감이 오는가?

경공술로 사천성, 하북성 휙휙 날아다니는 무협소설 속 이야기가 얼마나 허황된 이야기인지.

무협소설 써 대던 작가 놈들, 지금 이 자리에 함께 있다면 아마 쥐구멍에 숨고 싶을 거다. 쓰벌.

삼국지의 장비(張飛)가 왜 그렇게 앵무새처럼 '내가 바로 연인 장비다!'라고 외쳤는지 이제 감이 좀 오냐 이 새끼들아!

니들이 그 웅골찬 고향부심을 알아?

그나마 이 몸의 주인은 철방의 아들답게 철광석 구하랴 관인 만나랴 아버지와 함께 많이 다녀 본 축에 속했다.

적어도 안휘 오대현(五大縣)의 문물은 모두 살폈으며 심지어 강소성 땅도 밟아 본 경험이 있었다.

그럼에도 옆구리에 칼 찬 강호인을 만난 수가 단 한 번이다. 그것도 먼발치에서.

그가 바로 화씨검문의 소문주.

황제보다 더 거만하고 관인보다 더 잔인한 자.

아버지를 보는 그의 얼굴은 마치 벌레를 보는 듯했다.

그에게 아버지는 자신에게 청탁하러 먼 길을 달려온 수백여 명의 하찮은 빈객 중 하나에 불과했을 테니까.

이게 현실이다.

뭐 무공을 익혀?

에라이…… 이곳이 무협소설 속이라면 가까운 객잔에만

가도 구파일방의 제자 중 한 명은 만날 테지만, 불행히도 이곳은 진.짜.중.원.

소림사나 무당파나 화산파 등은 그야말로 신선들의 세계. 예로부터 구전되는 전설 속 이야기일 뿐이다.

조휘는 이 암담한 현실에 애꿎은 무협소설 작가들 욕만 연방 해 댔다.

"에혀…… 사기꾼 새끼들……."

문득 하늘을 올려다본다.

정말 뭘 해서 먹고살지 막막하기만 하다.

다 쓰러져 가는 조가철방의 둘째 아들이나, 7연속 낙방의 대한민국 공시생이나 처연한 처지는 매한가지.

만만한 삶이란 없는 건가?

'……어머니.'

잊고 있었다.

숨이 멎기 전 그리도 간절히 보고 싶었던 어머니를.

어머니라면 무슨 말을 해 줬을까?

언제나처럼 입술을 꽉 깨물며 뭘 해도 좋으니 최선을 다해 열심히 살라고 하시겠지.

이제 영정사진조차 볼 수 없는 건가……. 눈물이 차오르자 조휘는 피식 웃었다.

어차피 명절에만 내려간 주제에.

그것도 몇 번은 귀찮다고 내려가지도 않아 놓고선.

간사한 새끼. 이제 와서 눈물은.

기억해라. 어쨌든 살아 있잖아.

간절히 한 모금의 숨을 더 바랐으면서.

죽음보단 낫잖아.

오늘부터 난 진짜 조휘다.

그렇게 살아갈밖에.

◆ ◆ ◆

벌써 중원으로 온 지도 두 달이 지났다.

그동안의 일과는 간단했다.

오전에는 형과 함께 땔감 구하기, 오후에는 구해 온 땔감으로 숯을 만들고 가끔씩 철방 청소.

그리고 가뭄에 콩 나듯 철방에 방문하는 손님 응대하기 등.

다행히 끼닛거리는 해결이 된 상태였는데 아버지께서 은자를 구해 왔기 때문이다.

그 무시무시한 염왕채(閻王債)를 빌리셨단다.

기한을 한 달 넘기면 팔다리 중 하나 상납, 두 달을 넘기면 처자식 중 하나 상납, 그래도 못 갚으면 전 가족 몰살?

뭐 그런 무시무시한 빚이란다.

현대로 치면 깡패들한테 빌리는 사채와 비슷한 개념?

25

오죽하면 염왕채라 불릴까.

그와 같은 아버지의 고백에 어머님은 도대체 왜 그랬냐고 등짝 스매싱을 날리셨지만, '그럼 다 같이 굶어 죽을까!'라는 발악과도 같은 아버지의 절규에 어머니도 결국 침묵할 수밖에 없었다.

그래, 우리 가족은 이제 막다른 골목이다.

"하……."

가뜩이나 우울한데 또 고약한 악취가 진동한다.

이 중원세계로 오면서 가장 적응이 안 되는 것들 중 하나가 바로 이 '냄새'다.

당연한 말이겠지만 이곳은 상수도, 하수도의 개념이 없다.

물은 길어 오는 것이고 더러운 오수는 마당에 버리면 끝이다.

측간이 있기는 하나 대부분 대가족이니 금방 찬다.

차면?

똥막대기로 쑥쑥 쑤셔 보고 가라앉지 않으면 알아서 딴 곳에 볼일을 보고 온다.

그냥 노상에 보고 오는 것이다.

나이도 그렇게 많지 않은 옆집 아주머니가 담벼락 밑에서 볼일을 보고 있는 장면을 보고 기겁을 한 적이 한두 번이 아니었다.

고리고 오늘, 장대같이 쏟아진 비로 우리 집도 측간이 넘치자, 아버지도 자연스럽게 어제 아주머니가 일을 보던 똑같은 장소에서 바지춤을 내리셨다.

그제야 깨달았다.

그곳은 몇몇 이웃들과 함께 쓰는 암묵적인 임시 측간이라는 것을.

아아, 중원 유교의 몸가짐도 차가운 현실 앞에서는 이처럼 녹록치 않은 것인가?

현실은 책으로 배운 것과 너무도 다르다.

시원하게 일을 보신 후 돌아오신 아버지는 바가지 한가득 물을 길어 오시더니, 자연스럽게 시커멓게 때가 낀 손톱으로 잇 사이를 정리하셨다.

그리고 그 물을 다시 마신 후 가글하시더니 게걸스러운 트림을······.

굵다란 치석이 함께 떨어지셨는지 아버지의 표정은 시원하고 흡족해 보이셨다.

'아······ 아버지 제발······!'

조휘는 토할 것 같은 지독한 역겨움을 느끼며 부들부들 떨었지만 그래도 마음은 차갑게 가라앉혔다.

그래, 지금 이게 나한테만 이상하게 보이는 거야.

이곳 중원 사람들에게는 당연한 거야.

어제 내 여동생이란 년은 무려 한 달 만에 머리를 감아 놓고선 어머니께 칭찬받았어. 단지 물을 적게 쓴다고.

위생? 이곳엔 그런 단어조차 존재하지가 않아!

하지만! 그럼에도! 나는!

문명이란 것을 접해 본 자!

다른 건 다 참아도 칫솔질을 하지 못하는 것은 더 이상 견딜 수가 없다.

"아버지, 빳빳한 털 같은 거 어디서 못 구합니까?"

"빳빳한 털?"

아버지는 잠시 고개를 갸웃거리시더니 옳다구나 하는 표정을 했다.

"빳빳한 털이라면 멧돼지 갈기털만 한 게 없지. 멧돼지털은 부드럽지 않아 값어치가 없는 편이라 가죽 빼고는 죄다 버리는 걸로 알고 있다. 사냥꾼 모가 놈에게 부탁하면 많이 내줄 게다. 아니, 그럴 게 아니라……."

아버지가 거치대에 걸어 놓은 단창 한 자루를 가져오셨다.

"이레 전에 모가 놈이 수리를 맡긴 엽창(獵槍)을 잊고 있었구나. 이왕지사 가져다주면서 내가 좀 얻어 오마."

"고맙습니다. 아버지."

'헉!'

잠시 후 아버지는 커다란 봇짐을 들고 왔는데, 그 봇짐 속이 죄다 멧돼지 갈기털로 꽉 채워져 있었다.

고작 칫솔 몇 개를 만들려고 했는데 너무 많은 양이었다.

'뭐 할 일도 없는데…….'

어차피 비 때문에 흙이 젖어 당분간 숯 작업이 힘들어 시간이 많았다.

진성 무협충인 형은 벌써 하나뿐인 목도를 들고 수련한답시고 뒷산에 간 지 오래.

현 시대에서는 뛰어난 기술이 들어간 몇몇 생필품을 제외하고는 죄다 가정에서 수작업으로 만든다.

물론 조휘에게도 새끼를 꼬아 신발을 만들거나, 갈퀴로 잎을 추려 낸 볏줄기로 돗자리 만드는 것쯤은 일도 아니었다.

칫솔이야 뭐, 큰 기술이 들어가는 것도 아니고 그냥 작은 빗처럼 만들면 된다.

길고 가느다란 막대기에 솔이 들어갈 곳을 정하고 불에 달군 철심으로 구멍을 뚫는다.

그리고는 한쪽만 매듭을 지은 갈기털 세 개쯤을 뭉친 후 풀칠한 구멍에 끼운다.

마지막으로 구멍에 풀을 한 번 더 덧칠한 후 고정.

이 작업을 막대기당 백 회 정도 반복.

앞의 과정이 모두 끝나면 털의 길이가 일정해지도록 세밀한 가위질 싹둑 한 번 해 주면 끝이다.

물론 수작업이라 시간이 오래 걸리는 게 문제지만.

"오빠 뭐 해?"

언제 다가왔는지 막둥이 딸 조연이 물끄러미 쳐다보고 있었다.

"바람이 차. 고뿔 걸려."

"칫!"

병약하게 태어난 막내 조연은 늘 잔병을 달고 살았다.

특히 지금처럼 막 환절기를 지난 입동(立冬) 무렵이면 늘 고뿔에 걸렸다.

"……녀석."

조연이 토라진 얼굴을 한 채 방으로 돌아가자 절로 입가에 미소가 피었다.

"자! 계속 만들어 볼까!"

나흘 후, 방 한가득 만들어져 있는 칫솔을 바라보며 아버지가 물었다.

"이, 이게 다 뭐냐?"

조휘는 가타부타 설명도 없이 칫솔 하나를 손에 쥔 채 그냥 자리에서 일어났다.

"따라오시죠."

멍한 얼굴로 따라나선 아버지를 향해 조휘는 씨익 웃음을 한 번 날려 주며 바가지로 물을 뜬 후 익숙하게 칫솔질을 하기 시작했다.

하지만 바람과는 다르게.

"아, 아 따거!"

아무래도 멧돼지 털로 만든 칫솔은 처음인지라 칫솔질의

강도를 조절 못해서 잇몸이 상해 버린 것이다.

비릿한 피 맛이 느껴지는 것이 제법 상한 듯했다.

하지만 아버지 앞에서 약한 모습을 보일 수는 없는 법.

약하게 칫솔질을 하니 제법 그럴싸한 느낌이 든다.

'됐다!'

이거지! 이거야!

입안 전체가 상쾌해지는 이 느낌!

비록 치약은 없을지라도 치태가 모조리 떨어져 나가는 상
쾌한 기분이 든다.

칫솔모가 너무 세서 가끔 치석도 바스라졌다.

'아아아아아!'

정말 구석구석 살 것 같다!

그동안의 찝찝함이 한꺼번에 달아날 지경.

나무작대기를 입에 문 채, 뽕 맞은 얼굴로 감동하는 아들을
쳐다보며 조순도 칫솔 하나를 가져왔다.

"이게 뭐라고 그리 좋은 얼굴을 하느냐?"

"아버지, 이건 칫솔이라고 하는 겁니다. 이렇게 잡고 이
를……."

한동안 설명을 묵묵히 듣더니 아버지도 칫솔질을 시작하
신다.

점차 아버지의 두 눈이 크게 뜨여지고…….

"아버지 혀도 닦을 수 있습니다. 이렇게……."

잠시 후, 칫솔질을 마친 아버지의 표정을 한 단어로 표현
하자면…….

띠용.

"아니, 이런 상쾌함이?"

가히 세상 시원한 얼굴.

감탄에 감탄을 연발하는 아버지의 얼굴을 바라보며 뿌듯
함이 절로 차오른다.

조휘는 있는 대로 어깨를 펴며 생색을 냈다.

"제가 발명한 겁니다!"

"오오!"

감탄을 연발하며 신기한 듯 이리저리 칫솔을 살펴보는 조순.

한눈에 어떻게 만들었는지 파악이 될 정도로 조악하기 짝
이 없는 물건이었지만, 이런 기발한 발상을 했다는 것 자체가
기특하기 그지없었다.

"가만?"

철방의 장인(匠人)이지만 조순도 장사꾼이다.

본능적으로 돈 냄새를 맡은 것이다.

"……팔리겠지?"

조휘의 표정도 환해졌다.

아버지의 반응만 봐도 이건 뻔하다. 대박 상품이다.

왜? 중원시대의 물건이 아니니까.

"당장 저자로 가 보시죠."

"조, 좋다!"

하지만 달포 후, 조씨 부자는 어깨가 축 늘어진 채 집으로 돌아왔다.

물론 처음은 화려했다.

조휘가 만든 이백오십 개의 칫솔을 저자에 내놓자마자 두 시진도 안 돼서 모조리 팔렸던 것.

개당 철전 두 개에 팔았으니 총합 철전 오백 문.

은자로는 다섯 냥이다.

은자 세 냥이면 웬만한 가족의 한 달 생활비.

한 달 생활비 이상을 그 자리에서 벌어 버렸으니 그야말로 초대박이었다.

재료야 죄다 얻거나 구한 것이라 조휘의 노동력밖에 들어간 것이 없었고, 이는 은자 다섯 냥 모두가 온전한 이문이라는 뜻!

당연히 조씨 부자의 발걸음이 바빠지기 시작했다.

조순은 자신의 인맥을 총동원하여 멧돼지 털을 수배했고, 이에 눈치 빠른 몇몇 사냥꾼들은 철전을 요구했지만 대박에 눈이 먼 조순은 코웃음 치며 모조리 매입했다.

조휘 역시 바빴다.

목재?

산에 나무하러 갈 시간도 아까웠는지 철전으로 대량 매입! 풀도 매입!

조씨 부자가 집에 돌아와 대충 셈해 보니 적어도 칫솔 삼천 개 정도는 너끈하게 만들 수 있는 재료가 모였다.

그 후로 조씨 일가에 총동원령이 내려졌다.

이미 대박 소식을 들은 어머니 곡아영이 가장 적극적으로 칫솔 제작을 진두지휘했고, 철방의 자식들답게 남다른 손재주를 지닌 세 남매들은 철야 작업으로 보답했다.

그야말로 일사천리!

보름 후, 끈끈한 가족애로 만들어진 칫솔 삼천여 개가 드디어 제작 완료되었다.

지난 경험으로 미뤄 봤을 때 가격을 약간 올려도 팔릴 것 같았던 조휘는 철전 세 개로 최종 판매가를 결정했다.

다 팔리면 무려 철전 구천 문!

은자로는 무려 구십 냥이다. 구십 냥.

물론 재료비로 은자 열 냥쯤 소비했으니 실제 이문은 은자 팔십 냥.

아버지가 빌린 염왕채를 다 갚고도 육 개월은 너끈히 먹고 살 수 있는 은자였다.

부푼 꿈을 안고 위풍당당하게 저잣거리로 나간 조씨 부자!

하지만 현실은 너무도 냉혹했다.

이미 다양한 모습으로 저자에 나와 팔리고 있는 각종 칫솔들!

옆의 상인은 멧돼지의 털을 사흘 정도 쌀뜨물과 창포물에 담가 누린내와 잡내를 없앤 개량 칫솔을…….

그 옆 상인은 여성의 취향에 맞게 예쁜 장식이 양각되어 있는 부녀자용 칫솔과, 보다 작게 만들어진 유아용 칫솔을 홍보하며 고객의 취향과 편의성 저격을…….

가장 압권인 칫솔은 오래 쓰면 풀이 풀어져 칫솔모가 빠지는 단점을 보완해 철심으로 고정한 칫솔!

이건 뭐 거의 내놓자마자 팔리는 수준이다.

가격?

무려 철전 한 문에 가족 세트로 팔고 있네?

아, 물론 대히트를 친 상품은 맞다.

그 이득을 죄다 다른 상인들이 취하고 있어서 문제지만.

아아, 지적재산권이여!

그런 것 따위는 존재하지 않는 세상이라는 것을 조휘는 까맣게 잊고 있었다.

아무리 기발한 아이디어로 무장하고 일을 벌여 봤자, 가족 단위로 움직이는 자신과 상단 전체를 동원할 수 있는 대상(大商)들과는 애초에 체급 자체가 달랐던 것.

오히려 법도 치안도 보장받을 수 없는 이 중원세계 인간들의 삶은 더 치열할 터.

현대보다 더욱 힘의 경제 논리가 지배하는 세상이라는 것을 간과한 것이다.

"아들아, 이제 어찌하냐?"

아부지!

내가 묻고 싶은 말입니다! 내가!

염왕채의 기일이 이제 보름 남았다면서요?

연체하면 팔 자르실 겁니까?

"하……."

문득 조휘가 먼 산을 쳐다본다.

빌어먹을 차원이동 소설들 속에서는 주인공이 뭐만 하면 일사천리로 진행되던데!

그리고 뭐 태어나도 무슨 남작의 아들, 무슨 세가의 아들, 그런 걸로 잘도 태어나더만!

바로 무공도 익히고 어! 마법도 익히고 어!

막 초능력 같은 특수 능력도 얻고 어!

그런데 나는?

당장 아버지는 곧 왈짜패들에게 팔이 잘리게 생겼고, 그 얼마 남지 않은 염왕채마저 다 떨어지면 진짜 일가족이 거지로 나앉게 생겼다.

처음에는 정말 별의별 생각이 다 들었다.

전기를 발명해 볼까?

응, 어떻게 하는지 몰라.

대충 뭐 전력 생산용 모터를 이용해 위치에너지로 전력을 생산하는 개념만 알지, 모터에 붙어 있는 자석만 해도 어디에서 구하는지 몰라.

증기기관을 발명해 볼까?

응, 안 돼.

당장 아버지가 철 한 줌도 못 구해서 철방이 망하게 생겼는데 뭔 증기기관이야. 철 없어.

총을 만들어 볼까?

응, 그것도 아니야.

'화약이 폭발하는 힘을 이용한다.'라는 상식만 알지, 후장식이니 가스식이니 강선이니 만들 줄 몰라.

명색이 현대인인데 아무것도 할 수 없다는 자괴감에 자존감이 낮아졌지만 그게 과연 나뿐이겠는가. 누가 왔더라도 상황은 대충 엇비슷했을 거다.

대부분의 현대인들이 돈을 지불하고 상품을 구매하기만 했지, 처음부터 끝까지 어떤 상품을 장인처럼 완성해 본 경험을 가진 사람이 몇이나 되겠는가?

뭐 공학도라면 조금은 상황이 달라졌겠지만 그 역시도 장담하지 못할 거다.

왜? 항상 써 왔던 모든 공구가 없기 때문이다.

전기, 용접봉, 절삭용 톱, 드릴, 각종 나사, 안전용품, 시약 등……

작업을 도와주던 모든 문명의 이기가 사라진 상태에서 할수 있는 건 한계가 있었다.

과장을 좀 보태면 이곳 중원세계에서 노동력 외에는 아무것도 없다.

당장 지금도 암흑천지다.

나는 세상이 이렇게 새까말 수 있고, 달이 저렇게 밝다는 것을 중원에 와서 처음 알았다.

호롱불? 화섭자도 철전, 등기름도 철전, 죄다 다 돈이다.

밤에 불을 켠다는 것도 우리말로 중산층 정도는 되어야 누리는 특권.

거의 달빛에 의지하거나 되도록 밤에는 아무것도 하지 않는다.

밤에는 정말 자는 것 외에는 할 게 없다.

그러니 집집마다 그렇게 애가 많지.

"아들아, 일단 자자. 피곤할 테니……."

터덜터덜 걸어가는 아버지의 등이 오늘따라 유난스럽게 더 작아 보였다.

조휘는 답답한 마음에 달빛 아래 한참이나 더 서 있었다.

조연이 찌뿌둥한 표정으로 머리를 긁적이며 마당으로 다가오고 있었다.

그런 여동생이 못마땅한지 조휘의 얼굴이 험상궂게 일그러졌다.

"머리 감지 마라."

양 볼이 터질 듯 부풀며 얼굴에 반항기를 그린 조연.

"아 진짜, 어제도 감지 말라며?"

"내일, 아니 모레에 감아라."

물이 다 떨어지면 형과 자신만 지옥이다.

신내천(新內川)으로 가는 데만 한 시진. 왕복 두 시진이다.

그것도 그냥 걸어가는 것이 아니라 물동이 네 개를 양 어깨에 들쳐 메고 간다.

집의 물 항아리를 다 채우려면 적어도 네 번은 왕복해야 했다.

하루 종일 물을 길어 오면 허리와 팔이 끊어질 것만 같았다.

수도꼭지만 비틀면 콸콸 쏟아지는 그 흔했던 물이 이렇게 귀했던 것이었는지 새삼 깨닫는다.

머리에 냄새가 난다고?

좀 나면 어떤가? 당장 내가 힘들어 뒈지겠는데.

그 퀴퀴한 냄새 따위 얼마든지 맡아 주마.

어느덧 완벽하게 중원인으로 적응한 조휘다.

"여…… 오늘도 상쾌한 아침이로구만. 동생들아. 잘 잤냐? 헙헙!"

연신 목검을 휘두르며 다가오는 철부지 형, 조혁.

누가 봐도 어설프기 짝이 없는 솜씨다.

"하……."

저놈은 정말 생각이 없나?

스무 살이나 처자셨으면 곧 집이 망하게 생겼는데 걱정하는 척이라도 해야 할 거 아닌가?

형이긴 하나 삼십대의 조영훈으로도 살았던 터라 그저 한심하게만 보였다.

"그런데 오빠, 둘째 오빠 어딘가 모르게 변한 것 같지 않아?"

미심쩍은 눈으로 조휘의 위아래를 살피며 형의 옆구리를 쿡쿡 찌르는 조연.

"뭐가?"

조혁의 퉁명스런 대답에도 조연의 묘한 표정은 풀어지지 않았다.

"저번에 칫솔의 재료를 모아 왔을 때 말이야. 어떻게 차 한 모금 마실 시간도 안 돼서 완성될 칫솔의 개수를 그렇게 정확하게 맞출 수가 있어? 난 그렇게 셈이 빠른 사람은 처음 봤어."

조혁도 동의한다는 듯 고개를 끄덕였다.

"그건 나도 좀 놀랐다. 마치 상단에서 산법을 공부하는 산법수(算法手)들 같았어. 책벌레 아우께서 이제 산법까지 공부하셨나?"

조휘의 표정이 묘해졌다.

칫솔 스무 개 정도를 만들 수 있는 재료를 대충 눈대중으로 가늠하고, 점차 측정값을 재료의 부피에 따라 곱하는 방식.

그저 현대인이라면 누구나 할 줄 아는 곱셈을 활용한 것이다.

'음? 가만?'

곰곰이 생각하니 자신의 가족들, 아니 이 마을 사람들 전체가 구구단의 존재조차 모른다.

설마 초딩들도 할 줄 아는 사칙연산이 무려 '기술'이 될 줄이야.

물론 각종 도량, 측량이 필요한 건축 분야나 많은 물건이 오고 가는 상단 같은 곳에서는 전문적으로 수를 계산하는 산법수(算法手)들이 활동하지만 그건 그야말로 극소수의 특출한 자들.

"그리고 갑자기 말도 잘해. 어려운 말을 막 써."

그건 조휘 역시 느끼고 있는 바다.

왜 시골 사람들은 순박하다고 하지 않는가?

이곳 사람들은 구사하는 어휘량 자체가 너무 적었다.

가만 생각해 보면 마을 사람들의 대부분은 고향을 벗어나지 않는다.

만나는 사람은 항상 정해져 있고 경험하는 문물 역시 한계가 있다. 또한 대부분 글을 모르니 식견이 좁다.

이곳 중원세계의 문맹율은 실로 어마어마하다.

글을 읽을 수 있는 것 자체가 기술인 시대.

마을에서 자신이 영재 취급받는 것도 바로 그런 이유 때문이다.

대부분 먹고살기도 바빠서 자식을 학당에 보낼 여유가 없었다.

조휘 역시 한때 아버지의 철방이 잘나갔을 때 석 달 정도밖에 다니지 못했다.

반면 현대의 조영훈은?

초등학교부터 대학교, 공시생 경력까지 모두 합하면 대략 이십 년 넘게 의식주 걱정 없이 공부만 한 것.

그것뿐이랴?

매일매일 TV 뉴스, 기사를 통해 영상과 활자가 쏟아지는 세상.

티비와 스마트폰만 활용해도 세상의 모든 문물을 자유롭게 간접 체험할 수 있는 미친 정보화 시대.

정치, 경제, 외교, 경영, 천문학, 생물학, 고고학 등.

마우스 버튼 하나만 딸깍이면 얼마든지 쉽게 고급 정보를 접할 수 있는 세계에서 살아온 것이다.

뿐이랴?

드라마, 영화, 소설, 공연 등만 봐도 다양한 인간 군상들의 심리와 특성을 간접적으로나마 체화할 수 있었고, 이는 옆집 아저씨, 뒷집 누나, 아랫동네 할머니가 평생 동안 겪은 인간 군상의 전부인 이 세계의 구성원들과는 비교조차 되지 않은 인적 경험일 것이다.

아마도 이 안휘성의 모든 사람들이 평생 접한 정보량보다 자신이 접한 정보량이 훨씬 더 많을 터.

이 모든 것을 자신의 여동생은 그냥 '갑자기 말을 잘한다.'라고 느끼는 것이었다.

쾅!

갑자기 폭발음이 들리는 것 같은 충격이 조휘의 머릿속을 휘감았다.

자신이 얼마나 무섭고 대단한 존재인지 이제야 뼈저리게 실감한 것이다.

천재?

아니, 그 정도로 단순하게 표현될 게 아니다.

이건 정말 미쳤다.

드디어 진정한 자신의 정체성을 각성한 것이다.

"모, 모두 잠시만 비켜 봐!"

갑자기 홀린 사람처럼 막대기 하나를 들고 오더니, 곧 미친 듯이 뭔가를 마당에 휘갈겨 쓰는 조휘!

조휘는 단순히 돈을 벌 수 있는 기술에만 집착했던 자신을 책망했다.

이 중원에 없는 것이 단순히 '기술'이나 '물건'들뿐이겠는가?

철학, 사상, 종교, 정치, 경제, 문화 등 거의 모든 분야를 찬찬히 현대와 비교해 본다.

일다경이 지난 후, 다 쓰고 보니 이 중원에 없는 것들이 너무나 많았다.

위험한 것들은 차례로 엑스(X) 자로 표시했다.

세상을 뒤엎을 것도 아니고 정치나 종교, 문화 등을 바꾸려 들다가는 목숨이 열 개라도 모자를 것이다.

기득권 자체를 위협하는 혁명적 현대 개념들은 하나하나씩 배제.

너무 오래 걸리거나 실현 가능성이 없는 것도 배제.

남은 카테고리는 경제.

조휘는 경제학에서 가장 단순한 이론들을 몇 가지 떠올렸다.

곧 그가 환호성을 내질렀다.

"그래, 이거야!"

"아버지, 조가철방을 물려주십시오."

조순은 갑작스런 아들의 당돌함에 기가 찼다.

"철방을? 왜?"

이제 간신히 숯을 제조하기 시작한 형편없는 실력은 차치하고서라도, 지금의 철방이 탐낼 만한 가문의 재산도 아닐진데 그저 의구심만 증폭될 뿐이었다.

"생각한 바가 있어 실현해 보려 합니다."

"······생각한 바?"

단순히 생각대로 운영되는 게 철방인가?

철방의 장인(匠人).

조순이 보기에 자신의 둘째 아들은 장인이 되기 위한 수많은 요건 중에 제대로 갖춘 것이 아직 하나도 없었다.

질 좋은 숯을 생산하기 위해서는 목재를 보는 안목이 있어야 하고, 화로의 온도를 가늠하는 것 역시 한두 해 경험으로 되는 게 아니었다.

더욱이 오랫동안 철을 단조(鍛造)할 수 있는 강인한 체력과 주물의 형태를 가늠하는 주조 경험, 가죽을 다루는 무두질 등 어느 것 하나 만만한 것이 없었다.

그리고 무엇보다 이 모든 것을 평생 동안 홀로 견딜 수 있는 처절한 끈기와 인내가 있어야 한다.

장인의 혼(魂)이란 말은 괜히 생긴 것이 아니다.

"아니, 휘아야. 철방이란 것이 그렇게 간단하게······."

조휘는 아버지의 반응을 예상한 듯 바로 그의 말을 잘랐다.

"은자를 얼마나 더 땡길 수 있겠습니까?"

"더, 더 땡겨?"

열흘만 지나면 팔이 잘리게 생겼는데 더 땡겨?

"이 녀석이!"

분기탱천하며 벌떡 일어난 조순.

조휘가 아랑곳하지 않고 육중한 강철 모루를 가리켰다.

"저 모루도 은자 오십 냥 이상은 거뜬하고, 모든 공구와 자재를 합치면 삼십 냥 이상 될 겁니다. 또 그동안 아버지께서 평생토록 철방을 운영하며 일구어 오신 신용과 명성이 있고, 아예 저희도 담보로 잡으시죠. 조가철방 전체를 담보로 잡으면 은자 삼백 냥 정도는 땡길 수 있을 것 같은데요? 기한은 한 일 년 정도 넉넉하게 쓴다고 하시고요. 어떤 고리(高利)라도 상관없습니다. 빌려만 준다면 세 배로 상환할 테니까요."

"……."

철방을 물려 달라는 녀석이 시작부터 모루를 담보로 내놓잖다.

망치와 모루는 장인의 전부다 이 자식아!

그리고 뭐? 제 어미와 여동생까지 담보로 팔아?

"돈을 빌리려면 제대로 빌려야지 쪽팔리게 염왕채가 뭡니까? 상단 쪽으로 알아보셨어야죠. 더구나 화룡상단이 그렇게 상인들에게 호의적이라는데 한 번도 가 보지 않으셨습니까?"

"그런데 이 새끼가?"

아버지의 속도 모르고 조휘는 피식 웃는다.

아버지가 평생 이 정도로 화를 내 본 것은 아마 처음일 것이다.

둘째 아들이 아픈 뒤로 뭔가 변했다는 것을 조순도 인지하고는 있었다.

본디 조휘는 명석하고 재주가 많긴 했으나 말수가 없었고 부모님의 결정을 묵묵히 따르는 편이었다.

이토록 주도적으로 뭔가 일을 벌이는 모습을 처음 보는 것이다.

그럼에도 칫솔 사건(?)을 보면 뭔가 또 그럴싸한 계획을 가지고 일을 벌이는 건 아닐지 기대가 되기도 했다.

조순이 그제야 냉정을 되찾았다.

"후…… 그래, 알았다. 제 여동생을 끔찍이 아끼는 녀석이 아무 생각도 없이 뱉은 말은 아닐 테고…… 그래, 도대체 무슨 생각이냐? 무슨 경천동지할 일을 꾸미길래 제 어미, 제 여동생을 담보로 또 빚을 내 달라고 이 난리냐?"

조휘의 얼굴은 단호했다.

"안휘제일철방(安徽第一鐵坊)! 이 안휘성에 저희 조씨 일가의 철의 왕국을 세울 겁니다."

"……철의 왕국?"

이 자식이 '왕국'이라는 단어의 뜻을 잘못 알고 있는 건가?

게다가 뭐?

봉태현이 아니라 안휘성에서 제일가는 철방이라고?

황당함도 정도가 있다.

조순이 어이없는 얼굴로 물었다.

"지금 우리 철방의 사정을 진정 모르는 게냐? 누구보다 네가 가장 잘 알고 있지 않느냐?"

글을 읽을 줄 안다는 이유로 철방의 모든 행사를 둘째 아들과 함께했다.

가장 깊은 속내를 나눈 자식.

아내에게도 말하지 못했던 그 모든 일을 둘째는 다 알고 있었다.

조휘가 마치 예상이라도 했다는 듯 대답한다.

"철광석 문제라면 주괴를 매입할 겁니다."

"주, 주괴를?"

주괴(鑄塊).

철광원석에서 슬러그를 포함한 모든 이물질을 제거하고 순수한 강철만을 추출하여 굳혀 놓은 덩어리.

철광원석에서 강철을 추출하는 과정은 매우 고되고 복잡하며 효율이 낮았다.

일단 숯이 어마어마하게 든다.

고작 세 돈의 강철을 추출하는 데 드는 숯의 부피는 무려 다섯 두(斗).

다섯 두의 숯을 제조하려면 약 사십 근(斤)의 참나무가 필요하다.

그렇다면 과연 열여덟 근 강철주괴 하나를 만드는 데 필요한 숯은 얼마나 될까?

그래서 마을에 철방이 하나 들어서면 그 일대 야산의 참나무 씨가 마르는 것이다.

이 모든 과정을 생략하게 해 주는 것이 바로 강철주괴.

오로지 강철주괴만을 생산하는 철방을 주괴공방이라 부르며, 대부분의 주괴공방들은 안휘성의 성도(省都)인 합비에 있다.

그리고 주괴공방에서 생산해 내는 모든 주괴는 제국에만 납품하는 것이 황법.

물론 뇌물을 먹은 관리들이 이를 철저하게 관리할 리 만무했고, 암암리에 유통되는 주괴의 양은 어마어마했다.

철방을 운영함에 있어 가장 달콤한 유혹이 바로 원재료를 주괴로 바꾸는 것이었다.

주괴로 철방을 운영하면 엄청난 효율을 자랑한다.

하지만 그것은 매병패가 있어 고부가 가치의 상품, 즉, 병장기를 판매할 수 있는, 소위 잘나가는 철방에나 해당되는 이야기.

생필품만 생산할 수 있는 조가철방과는 거리가 먼 얘기다.

오히려 그렇게 운영하면 적자나 다름없다.

주괴 가격이나 생산해 내는 상품의 가격이나 별 차이가 없기 때문.

들인 노동력을 생각하면 거의 이문이 없다고 봐야 했다.

"주괴의 가격은 알고 있겠지?"

조휘가 크게 고개를 끄덕인다.

"평균적인 시세로 따진다면 은자 세 냥이죠."

"그걸 아는 놈이 할 소리냐?"

조휘의 음성이 한껏 부푼다.

"우리 철방에서 가장 잘 팔리는 것이 쇠쟁기죠. 아마 모든 철방의 주력 상품일 겁니다. 농사꾼들에게는 쇠쟁기 하나 마련하는 것이 꿈이니까요."

나무 쟁기는 쉽게 상한다.

논밭을 갈다가 돌부리에만 걸려도 이가 부러지기 십상이고 이음새가 나가 버리기 때문이다.

실컷 땅을 갈다가 쟁기를 수리하고 오면 해가 저문다.

당연히 내구성이 나무 쟁기와 비교가 되지 않는 쇠쟁기는 모든 농사꾼들의 머스트 해브 아이템!

그중에서도 소가 끌 수 있는 대형 쇠쟁기는 은자 사십 냥쯤에 팔린다.

대형 쇠쟁기를 하나 팔면 넉 달은 안심하고 버틸 수 있을 정도.

"쇠쟁기를 주력으로 생산하시죠. 그리고 쇠쟁기를 포함한 모든 상품의 가격을 삼 할 낮출 겁니다."

"사, 삼 할?"

지금 사십 냥짜리 대형 쇠쟁기를 고작 스물여덟 냥에 팔잔 소린가?

조순이 대형 쇠쟁기를 만드는 데 필요한 주괴의 양을 대충 셈해 보더니 미친 듯이 고개를 도리질했다.

"마, 말도 안 돼!"

대형 쇠쟁기를 스물여덟 냥에 팔면 대충 철전 스무 개 정도가 남는 거다.

　순수하게 원재료 값만 셈한 것.

　들인 노동력과 시간은 아예 생각지도 않았다.

　"쇠쟁기 하나를 만드는 것이 얼마나 어려운지 알고는 있느냐? 꼬박 보름이 걸리는 작업이다. 차라리 그 시간에 거간꾼이나 점소이를 하겠다 이 녀석아!"

　조휘가 피식 웃었다.

　"그건 철광석에서 강철을 추출하는 작업을 포함시켰을 때나 얘기죠. 선수끼리 왜 이럽니까? 아버지께서 주괴로 작업을 하면 이레, 아니 나흘이면 가능할 것 같은데요?"

　조순의 두 눈도 가늘어진다.

　"나흘? 말 한번 잘했다. 나흘 동안 온몸이 찢기는 고통을 버티며 모루와 씨름하고서 고작 철전 스무 개를 이문 삼으라는 것이냐? 벌목꾼의 품삯도 하루에 철전 열 개다! 나흘이면 사십 개!"

　"누가 아버지더러 하랍니까?"

　순간 멍해지는 조순.

　"이 일대에, 아니 안휘성 전체에 고작 스물여덟 냥에 대형 쇠쟁기를 파는 곳이 있습니까? 소문이 나면 아마 은자를 싸 들고 몰려올 겁니다. 되팔아도 그것보단 비싸게 받으니까요. 그리고 전 하루에 그 쇠쟁기를 최소 삼십 개 이상 생산할 겁니다."

'이게 무슨 개소린가?'라는 표정으로 한참 동안 조휘의 얼굴을 훑는 조순.

"……정신이 나간 게냐?"

"너무 멀쩡한데요?"

조휘가 갑자기 품에서 책자를 꺼내 읽기 시작했다.

"처음은 작게 시작하시죠. 일단 스무 명을 고용할 겁니다. 지금부터 아버지께서는 오로지 이들의 교육만 담당하시면 됩니다."

"교, 교육?"

이어 조휘의 일장연설이 시작됐다.

"먼저 숯꾼. 따로 설명이 필요합니까? 이쪽 교육은 제가 담당하겠습니다. 두 명씩 한 개 조. 근무시간은 여섯 시진. 맞교대 시 필요 인원 네 명."

"……."

"풀무꾼. 풀무질은 간단한 작업이나 불 앞에 계속 있어야 하니 제법 고됩니다. 한 시진씩 교대하는 것이 적당하니 두 명, 마찬가지로 여섯 시진씩 맞교대, 즉 네 명. 물론 이들이 불의 온도를 가늠할 수 있을 때까지 잘 지도해 주셔야 할 겁니다."

"……."

"다음 단조꾼. 단조 작업이 가장 힘들지요. 제일 많은 인원이 필요할 겁니다. 그래도 뭐, 당장은 모루가 하나뿐이니 그렇게 많은 인원이 필요하지는 않습니다. 네 명씩 한 개 조, 마찬가지로 조당 작업 시간은 여섯 시진, 맞교대 시 필요 인원 총 여덟 명. 이들이 조가철방의 중심이 될 테니 가장 많이 교육해 주시고 격려해 주십시오."

"……."

"주조꾼. 단조꾼들 다음으로 대우해 주셔야 할 겁니다. 두 명씩 한 개 조. 여섯 시진씩 맞교대. 필요 인원 네 명."

"……."

"판매 및 홍보, 거래처를 담당하는 영업은 당분간 제가 하겠습니다. 당장은 철방의 규모가 작아서 혼자 움직일 테지만 나중에는 인원을 보강해야 할 겁니다."

조휘가 책자의 다음 장을 펼쳤다.

"숯꾼의 하루 품삯은 철전 여덟 문, 풀무꾼은 아홉 문, 단조꾼은 열두 문, 주조꾼은 열한 문으로 책정했습니다. 이 정도면 아마 구름처럼 몰려들 겁니다. 주야 열두 시진 쉬지 않고 운영할 시 하루 품삯의 합계는 이백팔 문. 약 은자 두 냥입니다."

"……."

"초기에는 단조, 주조꾼들의 숙련도가 낮기 때문에 전량 쇠쟁기 생산 시 예상 생산량은 스무 개 정도입니다. 물론 생산량은 점차 늘 겁니다. 예상되는 초기 이문은 철전 사백 문, 즉 은자 네 냥. 품삯을 모두 지불하고도 하루 은자 두 냥이 남네요? 한 달이면? 네. 은자 육십 냥입니다. 물론 가문의 생활비를 제외한 모든 이문은 재투자. 철방의 규모를 최소 스무 배 이상 키울 때까지 멈추지 않겠습니다."

책자를 덮은 조휘가 의미심장하게 웃으며 아버지를 바라본다.

"다시 설명해 드릴까요?"

조순은 듣고도 믿기지가 않는 듯 멍한 얼굴을 풀지 못했다.

장인(匠人)이란 모름지기 혼(魂)이라 했다.

온몸을 불살라 철에게 생명을 불어넣는 직업.

그 모든 과정은 오롯이 장인 홀로 감당해야 할 일이다.

아들의 이야기는 정말 단 한 번도 생각해 보지 못한 개념.

물론 후계자를 키울 때 보조 인력을 쓰는 경우는 있었다.

하지만 체계적으로 모든 일을 나누어 주야 전부를 생산에 매진한다?

단언컨대 중원의 그 어떤 철방도 그렇게 운영하는 곳은 없을 것이다.

뭔가 강력한 반발심이 생기면서도 한 달에 은자 육십 냥을 벌 수 있다니 욕심이 났다.

무시하기에는 아들의 설명이 너무나 체계적이고 상세하기 때문이다.

자신의 그런 고민을 아는 듯 아들이 또 한 번 마음을 뒤흔들기 시작했다.

"한 사람이 숯 제작, 풀무질, 주조, 단조 등의 모든 일을 배우려면 아버지 말씀대로 오랜 세월이 걸립니다. 하지만 장인이라는 허울을 포기한다면요?"

숯을 생산하는 사람은 숯만 생산한다.

자신의 아들들도 하는 일.

그럴싸한 숯을 생산하는 데 한 달이면 족했다.

풀무질하는 사람은 불(火)만 보면 된다.

하루 종일 불 앞에만 있으면 그 온도에 민감하지 않을 사람
이 없을 터.

다른 모든 일을 배우면서 불을 가늠하는 것은 힘들지만 평
생 불 앞에만 있다면?

아마 불을 가늠하는 것만큼은 그 어떤 장인보다도 뛰어날
것이다.

단조일은 다르다.

그야말로 철방 장인의 핵심 기술인 셈.

그러나 이들도 반년이면 그럴싸해질 것이다.

왜? 다른 일을 하지 않고 오로지 망치질만 하니까.

물론 주조도 마찬가지.

아들의 말은 충분히 실현 가능성이 있었다.

침을 꿀꺽 삼키는 조순.

"정말 자신이 있느냐?"

"믿어 보십시오."

조순이 힘차게 고개를 끄덕였다.

"좋다. 철방의 운영을 네게 맡기마."

분업(分業).

영국의 산업혁명에서 시작되어 헨리 포드의 시대에 만개한 혁명적인 생산시스템이 조가철방에서 태동하고 있었다.

2章.

　조순은 잔뜩 주눅 든 얼굴로 담벼락 처마 밑에서 쉽사리 발걸음을 떼지 못하고 있었다.

　까치발로 장원 내부를 슬쩍 쳐다본다.

　도대체 전각이 몇 채며 정원의 아름다움은 또 어떠한가?

　저런 으리으리한 장원을 가지려면 얼마나 돈이 많아야 하는지 감도 오지 않았다.

　곧 그의 시선이 장원 입구의 거대한 편액을 향했다.

　화룡상단(火龍商團).

이 안휘성에서 상단으로 다섯 손가락 안에 드는 어마어마한 상단.

이들의 영역은 단순히 안휘성에서 끝나지 않는다.

강소성과 하남성, 산동성까지 그 영향력이 뻗어 있으며, 그 영역 내의 거의 모든 관부와 밀접한 관계를 맺고 있는 엄청난 수완가들의 집단이다.

화룡상단주 상관유덕(上官遺德)을 위시하여 슬하의 네 아들 역시 쟁쟁한 수완가들이었고, 그중에서도 셋째 아들인 상관비(上官飛)는 고리대금업으로 큰 성공을 이룬 자였다.

말이 고리대금업이지 적어도 이 합비에서만큼은 서민들의 전장(錢莊)으로 통하는 곳이었다.

"……안 들어가고 뭐 하십니까?"

조휘의 얼굴에는 피곤과 고통이 역력했다.

봉태현에서 이곳 합비까지 장장 이레 동안 도보로 쉬지 않고 이동해 왔다.

군대 행군도 이 정도는 아니었다.

버스, 지하철 노선이 거미줄처럼 깔려 있는 현대에서 살아온 그에게, 이레 동안 걸음만 걷는다는 것은 지옥과 다름이 아니었다.

게다가 이 세계의 신발이라는 것이 현대의 것처럼 좋지가 않았다.

걸을 때마다 그 충격이 고스란히 발바닥에 전해지는 초갈

(草葛) 신발은 차라리 벗는 것이 더 편할 정도로 조악했다.

신발의 밑창이랄 것이 없다 보니 뾰족한 돌부리라도 밟는 날에는 정수리까지 쭈뼛할 정도로 고통이 휘몰아쳤다.

흙탕물을 밟으면 발이 불어 초갈의 거친 섬유질에 계속 쓸리고 쓸려 결국 온 발에 피와 진물이 배어 나왔다.

그 고통을 참으며 노숙과 도보를 번갈아 이곳까지 왔으니, 뜨거운 물에 발 한번 푹 담가 보는 것이 소원일 지경이 됐다.

돈을 벌면 가장 먼저 비단신부터 마련하겠다고 다짐하는 조휘.

"……거참."

아버지가 계속 촌놈처럼 두리번거리고만 있는 것이 못마땅했는지 조휘가 고개를 절레절레 젓는다.

철방의 노련한 장인이면 뭐하나.

이토록 세상 물정 모르는 순박한 아저씨일 뿐인데.

곧 조휘가 성큼 걸어가더니 문지기(?)를 향해 뭐라 말하려는 찰나.

"셋째 공자님의 손님들이군. 저기 가서 차례를 기다리게."

푸근한 얼굴로 안내하는 문지기.

조씨 부자의 인상착의만 슬쩍 훑어보았을 뿐인데도 은자를 빌리러 온 손님인지 한눈에 알아본다.

과연 문지기다운 눈썰미.

"감사합니다."

한 차례 인사를 마친 조휘가 문지기가 손짓한 곳을 쳐다보았다.

그곳에는 이미 많은 예비 채무자들이 인산인해를 이루고 있었다.

그 순간, 한 사람이 접객당의 문을 열고 밖으로 나왔다.

축 처진 어깨로 연신 한숨을 내쉬며 나오는 촌부.

은자를 빌리지 못한 태가 역력하다.

"다음!"

그렇게 조씨 부자는 접객당 구석의 나무 그늘 밑에서 한참을 기다렸다.

조휘는 연신 발을 주무르면서도 쉴 새 없이 접객당에서 나오는 사람들을 살피고 있었다.

밝은 표정으로 쾌재를 부르며 나오는 사람들의 비율은 채이 할을 넘지 못했다.

고리대금업으로 성공했다?

이 말이 의미하는 바는 간단하다.

절대로 돈을 떼이지 않고 이자만 많이 받아 처먹었다는 뜻.

조휘는 화룡상단의 셋째 공자가 절대 만만한 사람이 아니라는 것을 직감하고 있었다.

"다음!"

드디어 조씨 부자의 차례.

꾹 다문 입술로 자리를 털고 일어나 성큼 걸어간 조휘와는
달리 조순의 발걸음은 영 시원치 못했다.

"아버지, 그냥 여기 계시죠."

"그래? 알았다."

그제야 얼굴에 화색이 도는 아버지.

그 모습을 보며 조휘가 피식 웃었다.

이렇게 으리으리한 장원에 들어와 상단의 셋째 공자를 만
난다는 것은 그에게 너무도 부담스럽고 주눅 드는 자리일 터.

망치질을 할 때는 그토록 위대해 보였던 아버지였지만, 그
외에는 영락없는 촌부의 모습 그 자체였다.

덜컹.

접객당의 문을 열고 들어선 조휘의 두 눈이 휘둥그레 뜨여
졌다.

'이, 이정재!'

너무나 닮았다.

시원스레 뻗은 이마와 매력적으로 솟아오른 광대뼈, 활짝
웃는 모습까지…….

영락없는 대한민국의 영화배우 이정재였다.

어쩜 이렇게까지 닮은 사람이 존재할 수 있는지 당혹스러
울 지경.

"그래, 필요한 은자는?"

아쉽게도 목소리는 이정재와 확연히 달랐다.

"은자 삼백 냥입니다."

한 차례 미간을 찌푸린 이정재(?)가 이제 지친다는 듯한 얼굴로 시비를 쳐다보았다.

"……밖으로 뫼셔라."

이제 열다섯이나 됐을까 말까 한 녀석이 대뜸 은자 삼백 냥이라니?

은자 삼백 냥이면 웬만한 가족의 십 년 생활비다.

소액이라면 한번 사연을 들어 볼 만했으나, 나이로 보나 비루한 행색으로 보나 절대 그 정도 큰돈을 감당할 자로 보이지 않았다.

한데, 그 당돌한 녀석의 음성이 계속 들려왔다.

"삼 년만 지나면…… 공자님은 지금 이 순간 저를 보낸 것을 땅을 치며 후회할 것입니다. 아마도 공자님 인생에서 저지른 최대의 실수가 되겠지요."

너무 어이가 없어서 말문이 막힌다.

"……뭐라?"

"있는 그대로 말씀드렸습니다. 지금 공자님은 앞으로 안휘에서 가장 많은 철제 생필품을 생산할, 또한 가장 저렴한 납품가로 거래할 수 있는 철방과의 인연을 놓친 셈입니다."

화룡상단의 셋째 공자 상관비는 혹시 사람을 잘못 봤나 싶어 한참을 더 조휘를 쳐다보고 있었다.

"금구철방(金丘鐵坊)에서 왔느냐? 혹시…… 대화흑철방

(大火黑鐵坊)?"

금구철방과 대화흑철방은 안휘에서 가장 명망 높은 철방이었다.

특히 대화흑철방의 모수극은 친히 황제로부터 천하제일장(天下第一匠)의 칭호를 하사받은 장인으로서 그 명성이 천하를 진동하고 있었다.

그가 생산해 내는 도검류는 부르는 게 값일 정도.

"전 봉태현 조가철방의 둘째 아들 조휘라고 합니다. 물론 조가철방을 대표해서 왔습니다."

화룡상단의 셋째 아들 자리는 거저 얻어지는 것이 아니다.

이문이 걸려 있는 곳이라면 이 안휘성 내에 자신이 살피지 않은 곳이 없을 터.

한데 뭐? 봉태현의 조가철방?

그 촘촘한 상단의 정보망에 단 한 번도 언급된 적 없는 곳이다. 필시 흔하디흔한 철방이리라.

"본 공자랑 지금 장난을 하자는 것이냐? 화룡상단이라는 이름이 그리도 만만해 보여?"

후- 하고 한숨을 내쉰 조휘가 입을 열었다.

"저희 가문의 명성이 모자람을 제가 어찌 모르겠습니까? 언감생심 신용거래는 바라지도 않았습니다."

"허면……?"

조휘가 예의 책자를 또다시 꺼냈다.

"모두 시세가 있는 철제 도구만을 담보로 제시하겠습니다. 삼백 근 강철모루 오십 냥, 단조용 대형 망치 두 개, 소형 망치 네 개, 주조용 철제 틀받이 여섯 개, 강철 날연마틀 세 개, 이 모두를 합한 시세는 싸게 잡아도 사십 냥."

조휘가 다음 장으로 넘겼다.

"철방터 이백이십 평 은자 사십 냥, 참나무 삼천 근, 참죽 이천 근, 목탄 사백 근, 목피 삼천 근…… 이 모두를 처분할 시 은자 열 냥, 도합 은자 백오십 냥, 이상 현물로 제공할 담보는 끝입니다."

어느덧 호기심 어린 얼굴로 변한 상관비.

"나머지 백오십 냥의 담보 물건은?"

갑자기 조휘가 섬뜩한 얼굴로 이를 꽈득 깨문다.

"이립(而立) 후반의 아버지, 이립 중반의 어머니, 약관 무렵의 형님과 저…… 이렇게 총 넷의 명줄을 담보하겠습니다."

차마 여동생 조연까지 넣을 수는 없었던 조휘.

"명줄?"

"흑점(黑店)에서 거래되는 인신매매의 기준가는 저로서 파악이 힘듭니다. 다만, 관노(官奴) 거래가를 기준으로 할 시 백오십 냥은 충분히 넘는 것으로 파악하고 왔습니다."

"……."

오자마자 엎드리며 '목숨을 내놓을 테니 한번만 살려 주시오!'라든지 '끼닛거리가 없어 딸이 죽어 가고 있소! 반드시 추수하면 갚을 테니 은자를 내주시오!' 등.

이곳에 오는 대개의 절박함은 단순하고도 직선적이었다.

그런데 이건 미쳐도 곱게 미친 새끼가 아니다.

그야말로 자신의 가문이 가진 전부를, 저리도 냉정하게 저울로 셈하여 담보로 제공하는 놈이 존재하리라고는 상상해 보지도 못한 일.

관노의 실거래가를 운운하는 대목에서는 헛웃음이 나올 지경이었다.

상관비가 묘한 얼굴을 했다.

호기심을 넘어 관심을 표하기 시작한 것이다.

"그럴싸하군. 허나 네가 말한 모든 담보는 처리 비용이 들어간다. 일단 가신을 보내 네놈이 말한 담보 물건들이 모두 실제로 있는지 확인하고 시세를 다시 셈해야 한다. 또한 혹여 체납할 시 담보 물건을 처리하는 데도 인력과 시간이 낭비된다. 특히 관노 문제는……."

"그래서 기회를 얹어 드리는 겁니다. 저와 거래를 틀 수 있는 기회."

"거래? 기회?"

화룡상단처럼 큰 상단이 일개 철방과 거래를 터 주는 것이 더 관용이 아니었던가?

"갑을의 위치가 바뀐 게 아니더냐? 도대체 무슨 이유로 너

희 철방과 거래하는 것이 본 화룡상단에게 '기회'가 되는 것이
지?"

조휘가 책자를 내민다.

"여기에 적혀 있는 모든 품목을 시세의 칠 할 가격으로 화
룡상단에 납품하겠습니다."

책자를 살피던 상관비의 두 눈이 동그랗게 뜨여졌다.

"마, 마소용 대형 쇠쟁기가 고작 스물여덟 냥?"

마소용 대형 쇠쟁기의 시세는 최소 은자 사십 냥.

"정말 이 가격에 납품할 수가 있느냐?"

조휘가 호쾌하게 고개를 끄덕인다.

"계약서는 바로 써 드리겠습니다."

상관비의 눈빛이 깊게 가라앉는다.

보면 볼수록, 상대하면 할수록 묘한 놈이다.

이어 또다시 들려오는 조휘의 음성.

"만약 공자님께서 진정 저와의 거래를 포기하신다면, 저는
지금의 제의를 똑같이 유백상단에 할 예정입니다."

"……뭐?"

유백상단(乳白商團).

안휘제일상단을 놓고 화룡상단과 가장 치열하게 맞붙고
있는 경쟁 관계의 상단이다.

지금 이 새끼가 묘하게 자존심도 긁는 건가?

상관비가 한 차례 미간을 꿈틀거리며 동요하더니 곧 나지

막하게 입을 열었다.

"하 총관."

상관비의 반대편에서 조용히 시립해 있던 총관 하서극이
공손히 대답했다.

"예. 공자님. 하명하십시오."

"은자 육백 냥을 내주시게."

"고, 공자님?"

조휘도 얼떨떨한 얼굴을 했다.

애초에 요구한 금액의 두 배이지 않은가?

상관비가 의미심장하게 웃었다.

"흑점 운운했으니 그 시세대로 셈해 줘야겠지. 분명 명줄
이라 하였다. 그 말인즉 생사여탈권을 내게 일임한다는 뜻.
노역꾼으로 팔든 창기로 팔든 본 공자의 소관이지 않은가?
무엇보다⋯⋯."

상관비가 손가락으로 조휘를 가리킨다.

"다른 모든 담보는 필요 없다. 못 갚을 시 저 녀석을 은자
천 냥에 본 공자가 사도록 하지."

과연 화룡상단의 셋째 공자다운 남다른 배포.

사람을 보는 안목이 탁월한 사내였다.

조휘도 빙그레 웃었다.

"그럴 일은 없을 겁니다."

조휘와 상관비의 만남.

이것은 안휘성을 뒤흔들 대사건이었다.

◆ ◈ ◆

보름 후, 화룡상단의 총관 하서극은 조휘가 실제로 조가철 방을 운영하고 있는지만 확인하고 돌아갔다.

상단은 결코 허투루 몸을 움직이지 않는다. 특히 화룡상단 같은 거대한 상단이라면 더욱 더.

그럼에도 담보 물건의 존재 유무나 가치 판단 한 번 해 보지 않고 돌아갔다는 것은 그만큼 조휘의 언변이 매우 인상 깊었다는 뜻이었다.

한편 조휘는 원래 계획했던 은자의 두 배가 들어왔으니 더욱 철방의 몸집을 불릴 생각에 신이 나 있었다.

이 시대에서 가장 흔한 것?

그것은 바로 인적 자원, 즉 노동력이다.

과거 조휘는 나루터에서 뱃짐을 하역하는 짐꾼 세 명을 모집하는 데 백여 명이 몰린 것을 본 적이 있었다.

단 하루 일할 일꾼 세 명을 뽑는 데 백 명이 모인 것이다.

한데 일꾼 스무 명을 정규직으로 뽑는다면?

도무지 얼마나 몰려올지 감도 잡히지 않았다.

그래서 조휘는 마을에서 가장 넓은 공터가 있는 장터 입구에 방(訪)을 붙이고 그곳에서 직접 사람을 뽑을 심산이었다.

아니나 다를까.

방을 붙인 지 한 식경도 안 돼서 마을 사람들이 구름처럼 몰려들었고 그 수가 자그마치 오백여 명에 가까웠다.

이곳 봉태현의 아녀자와 아이들을 제외하고는 거의 모두 모인 것 같았다.

개중에는 실제로 일자리를 구하는 사람도 있었지만, 절반쯤은 철방이 일할 사람을 모집하는 것 자체가 신기해서 모인 것.

철방은 폐쇄적이다.

철을 다루는 대장간 일은 특수한 기술. 자연히 철방에서 일을 하다 보면 장인의 비법이 공개될 수밖에 없는 것이다.

철방의 주인들은 비전을 연마할 후계자가 아니면 절대 사람을 가까이 하지 않았다.

그마저도 대부분이 아들을 후계로 삼고 비전을 물려주는 터라 대대로 가문에 전승되는 경우가 많았다.

그런 철방에서 일할 사람을 스무 명씩이나 뽑으니 자연 신기할 수밖에 없는 것.

더구나 조가철방이 궁핍해져 가세가 기운 것을 봉태현 사람이라면 모르는 사람이 없었기에 궁금증은 더욱 치솟았다.

"순번대로 면접을 시작하겠습니다!"

와자지껄하던 공터가 일순 조용해졌다.

조휘는 나름의 기준이 있었다.

첫째, 말이 많은 사람은 제외.

말이 많다는 것은 심지가 우직하지 않다는 뜻.

쉽게 말을 떠벌이는 자들은 늘 주변을 동요시키고 선동에 능해 무리를 분열케 하니 가장 경계해야 할 인재상이었다.

둘째, 병약한 자들도 제외.

철방 일은 험하다.

그런 험한 일을 하루 이틀 맞교대야 견딜 수 있어도 몇 년을 견디려면 강인한 체력이 필수였다.

셋째, 너무 우둔해도 제외.

심지가 곧고 우직하다 한들 기본 머리가 없으면 아무 소용이 없었다.

일처리가 어수룩한 자를 잘못 뽑았다가는 그 한 사람으로 인해 다른 모든 공정이 꼬이는 법.

철방의 모든 공정을 톱니바퀴처럼 굴리려면 실수를 최대한 줄여야 했다.

그렇게 조휘는 한나절이 꼬박 지나서야 모든 면접을 마칠 수 있었다.

어떤 사업이든 인재가 가장 중요했다.

기술과 사업성이 아무리 좋아도 이를 실행할 인재가 뒷받침되지 않으면 아무런 소용이 없는 것이다.

조휘는 현대인 시절 비록 지방대학이었지만 경영학도로서 나쁘지 않은 성적으로 졸업했었고, 가장 최근까지도 공시생

생활에 지쳐 창업하기 위해 용돈벌이 겸 각종 알바로 돈을 모으고 있었다.

그 와중에도 틈틈이 '500만 자영업시대, 사장님으로 살아남기', '자영업, 원칙으로 성공하라!' 등 자영업에 관한 많은 서적을 읽었고, 최신 경영학 이론 역시 인터넷으로 틈틈이 서핑해 왔던 터라 중원생활에 많은 도움이 되고 있었다.

현대인의 삶이란 것이 겉으론 안락해 보여도 그 치열한 무한 경쟁 사회에서 삼십대까지 살아온 것은 결코 가벼운 삶으로만 치부할 수 없을 것이다.

조휘는 자신어 손수 가려 뽑은 스무 명의 장정들을 한 사람 한 사람씩 다시 한 번 응시하며 결의에 찬 목소리로 외쳤다.

"조가철방의 식구가 되신 것을 환영합니다! 철방 일을 익혀야 하니 당분간은 교대 순번에 상관없이 모두 아침에 모이겠습니다. 내일 철방에서 뵙겠습니다! 그럼……."

무슨 일로 사람을 이만큼이나 모집하는지 궁금했던 동네 어른들이 무슨 일이냐며 한사코 질문을 해 댔지만, 조휘는 아무런 대답도 하지 않은 채 그렇게 사라져 버렸다.

다음 날, 조휘가 철방의 일꾼들을 동원하여 가장 먼저 한 일은 담벼락을 높게 세우는 일이었다.

이미 칫솔로 한 번 당한 것이 마음에 납덩이처럼 남아 있었던 것.

모든 기술은 독점해야 그 가치를 발하는 법이고 조휘는 철방의 분업 시스템을 절대 남에게 공개하고 싶지 않았다.

스무 명이 덤벼들자 반나절도 되지 않아서 철방의 높다란 담벼락이 완성되었고, 그제야 흡족한 듯 조휘가 품에서 서류 뭉치를 꺼내 들었다.

"자, 이것이 계약서입니다. 일단 숯꾼으로 낙점된 분들부터 모여 주십시오."

숯꾼들이 모이자 조휘가 한 장씩 나눠 주었다.

"읽으실 수 있는 분은 바로 읽어 보시면 되고 제 설명을 들어도 무방합니다. 계약서 내용은 가져가서서 글을 읽을 줄 아는 분께 확인하셔도 됩니다."

"험험."

숯꾼들 대부분이 까막눈이라 못내 부끄러운지 잔기침만 하고 있었다.

"어제도 말했다시피 숯꾼의 하루 품삯은 철전 여덟 문입니다. 시간 초과 시 추가 수당은 한 시진에 철전 두 문입니다."

"추가 수당? 그게 뭐이라?"

조휘가 빙그레 웃으며 대답했다.

"품삯을 더 준다는 뜻입니다."

숯꾼들이 한결같이 놀란 얼굴을 했다.

"오래 일하면 그만큼 품삯을 더 셈해 준다는 소리인가 보구려."

"한 시진에 철전 두 문이라고?"

"호오……!"

시간을 초과하면 추가로 품삯을 준다는 개념은 중원인들에게 생소한 것이었다.

자신을 일꾼으로 뽑아 준 것만으로도 감지덕지였고, 오히려 일을 조금 더 해 주면 다음에도 뽑아 주는 편이니 대부분 참고 일하는 게 중원의 문화였던 것.

"그리고 이레마다 하루는 쉬시면 됩니다. 이때 주휴 수당이 나갑니다. 주휴 수당은 원래 품삯의 칠 할, 그냥 철전 여섯 문으로 책정했습니다."

"……하루를 쉰다고?"

"주휴 수당?"

조휘가 또 웃는다.

"쉬어도 받는 품삯입니다. 여러분들이 잘 쉬는 것도 철방에 중요합니다. 쉬어야 체력을 유지할 수 있고 다음 날 더 열심히 일을 하지요."

"쉬, 쉬어도 받는 품삯?"

"일을 안 해도 철전을 준다고요?"

숯꾼들은 추가 수당보다 더 놀라는 눈치였다.

"아직 놀라기 이릅니다. 성과 수당도 있습니다. 하루에 삼십 두(斗) 이상의 숯을 생산할 시, 오 할의 수당을 더 챙겨 드리겠습니다. 즉 하루 품삯이 철전 열두 문이 되는 거지요."

"여, 열두 문!"

"시상에나!"

"거기에 월차 휴무가 또 있습니다. 이레에 한 번 쉬는 주휴 말고 한 달에 한 번 또 쉬는 것이지요. 만약 월차 휴무를 쓰지 않고 일을 할 시 두 배의 품삯이 지급됩니다."

"……."

"연차 휴무도 있습니다. 여러분이 일 년 넘도록 빠짐없이 일을 나온다면 그다음 해 오 일의 연차 휴무를 또 드리겠습니다. 물론 이 휴무 역시 쉬어도 되고 일을 해도 됩니다. 품삯은 당연히 두 배입니다."

"허!"

"그럴 수가!"

숯꾼들을 포함한 모둔 일꾼들의 두 눈이 휘둥그레 뜨여졌다.

현대의 수당 시스템은 수많은 시행착오를 거쳐 탄생한 최첨단 자본주의의 산물이다.

기업가들에게는 일정한 생산량을 안정적으로 유지할 수 있는 시스템이 가장 큰 숙제였고, 이를 실현케 할 가장 완벽한 시스템이 바로 노동력의 수당화(手當化)였다.

현대의 노동자들이라면 당연하게 받아들이겠지만 이곳은 중원세계다.

일꾼들에게는 조휘의 일장연설이 그야말로 별천지 천국 같은 달콤한 말인 것이다.

"물론 풀무꾼, 주조꾼, 단조꾼 여러분들도 앞서 말한 계약 내용과 동일합니다. 대신!"

몇몇 일꾼들이 침을 꿀꺽 삼키자 조휘의 얼굴이 서슬 퍼렇게 굳어졌다.

"이곳 조가철방에서 일어나는 모든 일들을 외부에 발설해서는 안 됩니다. 가족에게도 안 됩니다. 만약 이 조건을 어길 시 무조건 해고하겠습니다. 조사하면 다 나와요. 일할 사람은 차고도 넘치니까요."

이런 좋은 조건의 일터를 어찌 잃을 수 있겠는가!

일꾼들이 한목소리로 대답했다.

"절대 말하지 않겠소!"

"그런 걱정일랑 붙들어 매시고 빨리 일을 시켜 주시게!"

"일, 일을! 일부터 하고 싶습니다!"

추가 수당이란 말을 듣는 순간부터 몇몇 일꾼들의 눈은 이미 초롱초롱해진 상태!

"아직은 안 됩니다. 숯꾼분들만 저를 따라오시고 나머지 분들은 저기 보이는 아버지께 교육을 받으셔야 됩니다. 물론 품삯 걱정은 하지 마시고요. 교육을 받아도 품삯은 지급됩니다."

"아, 알겠소!"

이글이글거리는 일꾼들의 열기!

그들의 뒷모습을 바라보는 조휘의 얼굴은 마치 조련사 같왔다.

◆ ◇ ◆

화악! 화악!

"어허! 발풍차가 쉬면 안 된다니까! 거참! 그렇게 숯을 들쑤시면 안 된데도! 뜨겁다고 불을 외면하면 쓰나! 열기를! 열기를 온몸으로 느껴!"

"아, 알겠습니다!"

땅땅! 땅땅!

"쯧쯧! 그렇게 무식하게 쳐서야 소리만 요란하지! 매번 망치질하는 힘이 다르면 안 된다니까! 동일한 힘으로 정확한 부위를 가격하는 것! 몇 번을 말해야 알아듣겠나?"

"명심하겠습니다! 열심히 하겠습니다!"

투툭!

쿵!

"좋네! 좋아! 주조의 핵심은 필요한 형태를 가장 적은 양의 주물로 만드는 것! 대담하게 손잡이 부분을 주조형틀에서 생략한 것은 좋은 판단이네! 손잡이야 목재를 이용하면 되지! 오칠 자네는 하나를 가르치면 열을 아는구먼?"

"하하! 과찬이십니다! 어르신!"

일꾼들 사이에서 쉴 새 없이 잔소리를 이어 가는 조순.

일꾼들을 적당한 말로 구스를 줄도 알고 때로는 매섭게 몰아붙여 자존심을 건들기도 했다.

　당근과 채찍의 무한 반복!

　일꾼들은 옆에서 누군가가 칭찬을 받으면 눈을 흘깃거리며 따라 배웠고, 잔소리를 들으면 똑같은 실수를 반복하지 않기 위해 필사적으로 자세를 수정했다.

　도처에서 불같이 일어나는 자존심 싸움!

　'흐흐! 자리가 사람을 만든다더니!'

　조휘는 자신의 아버지가 사람을 다루고 가르치는 것에 꽤나 재능이 있음을 깨달았다.

　"저기, 아버지. 잠시 시간 좀."

　조순이 작업복을 벗으며 조휘의 곁으로 다가왔다.

　"후…… 젠장맞을. 무슨 일이냐?"

　조휘가 일꾼들을 바라보았다.

　"이제 진짜 쓸 만해 보이는데요? 슬슬 생산을 시작하셔야죠."

　조순이 콧방귀를 꼈다.

　"흥! 어림없다! 저런 실력으로 무슨 생산이냐? 조가철방의 품질은 그리 호락호락하지 않아!"

　"제가 누누이 말씀드렸지 않습니까? 원래 품질의 칠 할만 되면 된다니까요?"

　불처럼 커진 쌍심지!

"칠 할? 천만에! 저놈들 실력으로는 채 오 할도 안 돼!"

조휘가 한숨을 내쉰다.

"후…… 저들의 품삯을 잘 아시지 않습니까? 벌써 이십 일째입니다. 육백 냥 전부 품삯에 쓸 작정이십니까?"

"음……."

"염왕채도 갚았고…… 주괴 값을 빼면 열흘 정도 버틸 은자밖에 없어요. 일꾼들 품삯에 식비에 저희 생활비까지…… 정말 장난 아니게 빠집니다. 이제 진짜 결단하셔야 합니다."

장인으로서의 아버지 고집을 모르는 바 아니나 이제는 정말로 현실과 타협을 해야 했다.

대량 생산 시스템이라는 것이 원래 그렇다.

평생 망치질을 해 온 장인이 만드는 물건과 분업 시스템으로 만드는 물건이 동일한 품질을 지닌다는 것은 애초에 불가능하다.

수제로 만든 페라리와 폭스바겐 자동차가 같은 품질을 지닐 수가 없는 것이다.

"사흘, 사흘만 시간을 더 다오. 그 안에 장인 흉내라도 내게 만들어 보마."

"며칠 전에도 그 소리 하셨습니다. 이제 진짜 마지막입니다."

"알겠다."

사흘 후 조순은 진짜로 약속을 지켰다.

그리고 대망의 첫 생산이 시작되는 순간이었다.

화악! 화악!

깡! 깡! 깡!

잔뜩 핏발 선 눈으로 공정을 지켜보고 있는 조순!

수백, 수천 번의 잔소리는 과연 효과가 있었다.

두 명의 숯꾼이 쉼 없이 차례로 숯과 주괴를 나르고, 풀무꾼들은 연신 발풍차를 돌려 화로의 온도를 일정하게 유지한다.

주괴가 모두 녹으면 주조꾼들이 형틀에 쇳물을 붓고, 식으면 흙을 모두 걷어 낸 후 모루로 운반한다.

그때부터 시뻘건 주물을 향해 네 명의 단조꾼들이 쉴 새 없이 망치로 내려치기 시작한다.

주물이 식으면 다시 주조꾼들이 화로로 주물을 운반해 주고 이때 단조꾼들은 잠시 쉬는 시간을 갖는다.

주조꾼들과 단조꾼들이 위 작업을 반복하는 동안 다음 주괴가 숯꾼들에 의해 운반된다.

그럼 다시 녹인 후 주조틀에 붓고 모래 털고 반복.

머릿속에 그려 보기만 했던 작업 광경이 막상 눈앞에서 펼쳐지자 조순은 묘한 기분에 휩싸였다.

저 광경을 평생토록 혼자 해 왔다.

묘한 열패감이 치민다.

문득 아들을 쳐다본다.

'대체…….'

어떻게 이런 생각을 했을까 싶다.

효율을 비교하기 민망할 정도다.

힘들게 홀로 숯과 철광석을 운반하다 잠시 쉬고, 쉼 없이 발풍차로 화로의 온도를 높이다 또 쉰다.

철이 모두 녹으면 어느덧 배가 고프다. 주조형틀에 주물을 부어 놓고 점심식사.

점심식사를 마치고 돌아오면 다시 주물이 식어 있다.

다시 화로의 온도를 높이기 위해 발풍차로 풀무질 시작.

그다음 낑낑거리며 주물을 다시 화로에 얹어 놓고 또 휴식.

주물이 시뻘게지면 가슴부터 답답해진다.

지금도 힘들어 죽겠는데 앞의 모두를 합한 것보다 힘든 단조를 시작해야 하니까.

모루에 주물을 올려놓고 한참을 생각한다. 과연 바닥난 체력으로 오늘 단조를 마칠 수 있을지. 망치질 몇 번에 벌써 허리와 어깨가 찢어질 것 같다.

일다경쯤 망치질을 하면 또 주물은 식어 있다. 화로를 쳐다보니 어김없이 다시 내려간 온도. 또다시 발풍차로 풀무질. 다시 주물을 낑낑거리며 화로에 올려놓고 휴식.

체력의 한계가 오자 발풍차를 굴리던 발을 뺀다. 일과 종료.

그럼 그다음 날 다시 풀무질부터 시작.

조순은 이 짓을 평생 홀로 해 온 자신이 바보 같았다.

저기에 열 명의 조순이 있었다.

빈틈없이 반복되는 작업.

비교조차 불가능한 효율.

모든 공정을 끝낸 첫 번째 대형 쇠쟁기가 주조꾼들에 의해
자신의 앞으로 운반됐다.

순간 머릿속이 새하얗게 변해 버렸다.

한 시진도 되지 않아 대형 쇠쟁기가 완성되는 순간이었다.

막연히 상상만 해 보던 것과 실제로 경험하는 것은 그 충격
이 천양지차.

퉁퉁!

어느새 다가왔는지 한 차례 쇠쟁기를 망치로 두들겨 보던
아들의 얼굴이 환해졌다.

"오! 괜찮은 것 같은데요?"

"……빌어먹을."

"예?"

"내 불혹(不惑)을 물려 내라."

얄밉게도 아들이 고개를 갸웃거린다.

"그게 무슨 말이에요?"

"알고 있었으면 빨리 알려 줄 것이지."

그제야 아버지의 말뜻을 깨달은 듯 조휘가 호쾌하게 웃는다.

"하하하! 늦었다고 생각할 때가 가장 이른 법! 지금이라도
늦지……."

"늦었을 때는 그냥 늦은 거다."

오싹!

조휘가 등줄기에 소름이 돋아남을 느끼며 재빨리 화제를 돌린다.

"그나저나 뭔가 비네요."

조순이 아들의 시선을 좇았다.

"그래. 주조꾼들이 조금 노는구나."

"예. 빨리 모루를 두어 개 더 구입해야 될 것 같습니다. 단조꾼들의 수도 늘이고요."

"허허……."

그날 주야 교대로 철방을 돌리자 스물두 개의 대형 쇠쟁기가 생산되었다.

그다음 날은 스물네 개, 그 다다음 날은 스물여섯 개.

조가철방이 대형 쇠쟁기 백 개를 생산하기까지 채 나흘을 넘기지 않은 것이었다.

그렇게 시간이 흐르고 흘러 반년이 지나자, 조가철방의 터가 다섯 배로 확장되었고, 총모루의 수가 열여덟 개가 되었으며, 일꾼들의 수 역시 일백을 넘어섰다.

어느덧 봉태현이 조가철방을 중심으로 돌아가고 있었다.

◆ ◈ ◆

조가철방의 집무실 안.

조휘는 비단신의 감촉을 한껏 음미하고 있었다.

'이건 뭐 에어맥스 부럽지 않구만. 흐흐…….'

부드럽게 발을 감싸고 있는 비단 재질의 감촉이 너무도 좋았다. 투박하고 조악한 초갈신에 비할 바가 아니었다.

흡족한 얼굴로 비단신을 신어 본 조휘가 곱게 벗어 진열대에 올려놓았다.

진열대에는 고급 신발로 가득했다.

부드러운 직물로 만든 각종 포혜(布鞋)신, 고급 가죽으로 만든 피혜(皮鞋)신, 최고급 견사로 만든 사혜(絲鞋)신 등.

진열도 멋들어졌다.

재질에 따라 일차 분류, 색과 문양, 신발코의 종류에 따라 이차 분류, 계절과 쓰임새에 따라 삼차 분류.

이건 뭐 가히 신발 성애자다.

조휘는 그렇게 진열되어 있는 신발들만 봐도 배가 불렀다.

곧 그의 시선이 동경(銅鏡)을 향했다.

곧게 뻗은 눈썹, 짙은 암갈색 눈동자, 적당하게 솟아오른 콧날, 유려한 입술…….

최대한 사심 없이 냉정하게 판단해 봐도 잘생기긴 잘생겼다.

물빛에 비쳐 일렁이는 얼굴이 아니라 이렇게 비싼 동경으로 상세하게 자신의 얼굴을 확인한 것도 얼마 전의 일이었다.

중원으로 온 지 일 년여가 되어서야 자신의 얼굴을 처음으로 확인한 것이다.

그때, 조심스럽게 집무실로 한 노인이 들어온다.

그는 새롭게 부임한 조가철방의 총관 이여송(李如松)으로 풍령상단의 산법수로 활동하던 자.

그를 영입하기 위해 꽤 많은 은자를 쓴 조휘는 흡족한 얼굴로 그를 맞이했다.

"어서 오십시오. 총관 어른."

"방주(坊主)님, 오늘자 결재입니다."

하루에 한 번 있는 조가철방의 성과 보고다.

만근 및 조퇴, 시간 외 근무를 한 일꾼들의 일람과 같은 근태 확인서와 부서별로 생산한 물품의 개수, 특이사항 유무 등을 짤막하게 적어 놓은 서류였다.

더불어 철주괴와 목재, 식료품 등 각종 자재들의 출납 기록과 같은 재고 기록도 상세하게 적혀 있었다.

"역시 오늘도 대산각의 성과가 가장 좋군요."

조휘는 철방을 세 개의 각(閣)으로 개편시켜 놓았다.

대산각(大山閣)은 대형 쇠쟁기, 대형 철문, 대형 철기둥 등 대형 철제 상품을 주력으로 만드는 곳이며, 원년 멤버가 주축이었다.

반대로 소산각(小山閣)은 삽, 낫, 괭이, 호미, 쇠스랑, 철심 등 소형 철제 농기구를 생산하는 곳으로 새롭게 영입한 자들이 주축인 생산 부서였다.

요즘 조휘는 소산각에 대한 기대가 컸다.

두어 달 전부터 소산각에서 생산되는 상품의 매출이 대산 각을 앞지르기 시작했고, 이는 소산각 일꾼들의 숙련도가 올라가면 올라갈수록 철방의 이익이 극대화될 것이 자명했기 때문이다.

기산각(機山閣)은 금고, 자물쇠, 마차, 등자, 철바퀴 등 보다 기술집약적인 상품을 생산하는 곳으로 최근 새롭게 신설하여 투자하고 있는 생산 부서였다.

아직은 키워 가는 단계라 돈 먹는 하마처럼 돈만 빨아먹고 있었지만, 미래를 위해서는 반드시 육성해야 할 곳이었다.

"철방대부께서 힘쓰고 계시지만 아직 소산각 일꾼들의 숙련도가 많이 부족합니다."

철방대부(鐵坊大夫).

언젠가부터 다들 아버지를 그렇게 부르고 있었다. 아버지도 그 칭호를 꽤나 마음에 들어 하고 계셨다.

서류를 살피던 조휘의 눈이 반짝였다.

"숙련도도 숙련도지만 이건 근성의 문제입니다. 추가 수당 지급자가 아직도 대산각이 훨씬 많습니다. 소산각 일꾼들을 조금 더 독려해 주십시오."

"명심하겠습니다. 아, 그리고…….''

"또 뭐 무슨 일이 생겼습니까?"

총관 이여송이 푸근하게 웃는다.

"반가운 손님이 와 계십니다."

이 총관의 표정만 살피고도 손님의 정체를 알아챈 조휘.

"비(飛) 형님이 오셨군요. 객당에 계십니까?"

"두 시진 전부터 와 계십니다. 방주님의 일과가 끝나기를 기다리고 계십니다."

"그런 건 빨리 말씀해 주셨어야죠."

버선발로 뛰어 도착한 조휘가 상관비의 두 손을 반갑게 맞잡았다.

"아이고! 정재 형님!"

"하하! 의제(義弟)!"

반년 동안 수차례 이어진 술자리로 어느새 의형제가 된 두 사람.

"사흘 전에 형님과 마신 술 때문에 아직도 속이 울렁거리는데…… 설마 또 소제를 죽이시려고 작정하신 겁니까?"

"그럴 리가 있나? 아직 이 우형(愚兄)의 속도 마찬가지라네. 일의 마무리가 좀 늦었네. 상단으로 복귀하기 전에 인사차 들렀지."

자신의 배를 쓰다듬으며 죽겠다는 얼굴을 하는 상관비.

그 모습을 쳐다보며 조휘가 배를 잡는다.

"그렇게 센 척하더니 꼴 좋수다! 낄낄!"

상관비의 얼굴에 오기가 서렸다.

"그 집의 모태주가 나와 안 맞았을 뿐, 다음엔 반드시 이 우형이 이길 것이네!"

"하하! 약속한 은자나 주시죠?"

"흥!"

소매에서 전낭을 꺼내 전표를 셈하던 상관비가 조휘에게 건네며 이를 꽈득 깨문다.

"사승사패(四勝四敗)! 아직 끝난 것이 아니니 너무 좋아할 것 없네! 그나저나 자꾸만 나더러 정재 형님 정재 형님 하는데 도대체 정재가 누군가?"

"그런 게 있습니다. 흐흐."

가늘게 눈을 치켜뜨던 상관비가 돌연 심각한 얼굴을 했다.

"그래, 후견인 문제는 아직 결정을 못 내린 것인가?"

조휘도 웃음기를 풀었다.

"예 형님. 조금 더 고민해 보고자 합니다."

상관비가 고개를 절레절레 흔들었다.

"신중을 기하는 것도 좋지만 더 이상은 시간이 없네. 화룡상단의 이름으로 막아 주는 것도 한계가 있어. 자네가 아무리 보안에 신경을 쓴다고는 하나, 시중에 염가로 나도는 철제 상품들이 조가철방의 것이라는 것을 이제 모르는 사람이 없네."

"……흠. 벌써."

예상은 했지만 너무 빨랐다.

"안휘성 전체에 반년 동안이나 자네 물건을 풀었네. 아무리 조심한다고 해도 자네와 나 사이에 오고 가는 수레만 해도 달포에 수백 대. 바보가 아닌 이상 본 상단이 파는 철제 상품이 자네에게서 나온 것이라는 것을 모를 리가 없지."

"흠……."

"더구나 거대해진 조가철방의 대문만 봐도 그동안 이룬 성세(成歲)를 짐작할 수 있을 터. 당장 관(官)이 출도해 자네의 철괴 문제부터 따지고 들면 어찌할 텐가? 조가철방이 주춧돌 하나 남김없이 사라지는 것은 이제 시간문제야. 자네에게 철괴를 공급한 나 역시 곤란한 지경에 이르겠지."

황법으로 거래가 금지된 철괴로 철방을 운영하다 들켜 지금까지 무사한 철방이 없었다.

"그래도 그동안 아무런 일이 안 생겼는데……."

상관비가 짐짓 화를 냈다.

"어허! 순진한 겐가? 일부러 모르는 척하는 겐가? 지금까지야 본 화룡상단의 행사라 눈치만 보고 있을 뿐, 그것도 곧 한계에 다다를 것이야! 관이 얼마나 승냥이 같은지 자네는 몰라서 그러네!"

"흐흐, 지금처럼 형님이 잘 막아 주시면 되죠. 어디 보자……."

조휘가 품에서 책자를 꺼내 들자 여느 때처럼 흠칫하는 상관비.

저 책자는 항상 자신을 궁지로 몰아넣는 요물 중의 요물이다.

"형님의 말씀대로 소문이 좀 났더라고요. 이레 전에는 대진상단도 다녀갔고…… 아! 맞다! 어제는 유백상단이…… 하하! 제가 신발을 모으는 취미를 어찌 알고 비단신을 선물로 주지 뭡니까? 게다가 조건도 좋아요. 시세의 팔 할로 거래하자고…… 물론 거기도 만만치 않잖아요? 아마도 형님처럼 외압을 거뜬히 막아 줄 것 같은데……."

"어허! 사람 참!"

재빨리 조휘의 책자를 뺏어 든 상관비.

"사람과 사람의 관계라는 것이 어찌 이득으로만 묶일 수 있겠나? 정이지 정(情)!"

조가철방과의 거래 이후, 상단의 후계를 놓고 다투던 네 형제들 중 자신이 으뜸이 됐다.

절대 놓칠 수 없는 거래처인 것이다.

문득 상관비가 한숨을 내쉰다.

"후…… 의제가 이 우형을 이리 다루는 것도 이제 얼마 남지 않았네. 관만 문제가 아니야. 철방의 상인들이 연합하여 본 상단의 앞에서 시위를 벌인 지도 벌써 한 달이 넘었네. 그들은 곧 자네에게 몰려들 걸세. 그들로서는 목숨이 달린 일이지."

조휘가 의미심장하게 웃었다.

"그 문제라면 생각해 둔 바가 있습니다."

상관비는 조휘가 저렇게 웃을 때마다 소름이 돋았다.

"또 무슨……?"

"흐흐, 지켜보시면 압니다."

상관비가 고개를 절레절레 젓는다.

"철괴 문제의 해결은 빠르면 빠를수록 좋네. 직접 방 대인을 다루면 가장 좋겠지만, 방 대인이 일개 철방을 후견하지는 않을 것이야. 빠른 시일 내에 반드시 그와의 연결점을 찾게."

순간, 조휘의 눈빛이 침착하게 가라앉는다.

"제가 조가철방을 운영하여 얻는 한 달 순이익이 얼마나 될 것 같습니까?"

"……글쎄?"

"은자 육백 냥입니다. 금자로 육십 냥."

상단의 공자로 늘 큰돈을 만지며 살아온 상관비에게도 제법 놀라운 숫자였다.

순수 이득으로 일 년에 금자 칠백이십 냥.

단일 사업으로 그만한 이득을 벌어들이는 곳은 화룡상단 내에도 몇 군데 없었다.

더욱이 조가철방의 기세는 오늘과 내일이 다르다.

얼마나 규모를 키울지 짐작도 되지 않았다.

"모든 관(官) 문제는 정기적인 상납, 즉 뇌물로 해결됩니다. 관은 두렵지 않아요. 하지만 제가 가장 두려워하는 것은 이 조가철방 자체를 먹으려 드는 자들입니다."

"......."

"관조차 두려워하는 자들, 황법의 틀에서 자유로운 자들, 이득을 위해서라면 물불을 가리지 않는 철혈의 집단, 철저하게 은원(恩怨)을 가리며 적아(敵我)를 분명히 하는 자들!"

상관비가 동의한다는 듯 고개를 끄덕였다.

"강호(江湖)."

"예."

아는 만큼 보인다고 했던가.

다 쓰러져 가는 철방의 아들이 보던 세상과, 새롭게 변모한 조가철방의 방주가 보는 세상은 완벽히 달랐다.

강호무림은 존재한다.

그 치열하고 은밀한 세계를 잠시나마 엿본 조휘로서는 두려움이 치밀 수밖에 없는 것이다.

"그래서 저는 이제야 결심을 합니다."

"어떤 결심 말인가?"

조휘가 찻물에 손가락을 찍어 탁자에 글자를 적기 시작했다.

"황실의 장군부를 가문의 제자들로 가득 메운 집단, 시시껄렁한 자들에게는 그 이름만으로도 두려움을 안기는 검수들의 처소. 오대세가의 수좌이자 늘 강호서열록 상위에 자신들의 검호를 앉히는 자들."

"자네 설마……?"

"네. 저는 이 안휘의 왕(王)을 제 후견인으로 삼고자 합니다."

남궁(南宮).

조휘가 찻물로 쓴 글자였다.

남궁이라는 이름이 주는 무게 때문인지, 상관비는 잠시 말을 잇지 못했다.

그도 그럴 것이 남궁세가가 어떤 가문인가?

대남궁세가(大南宮世家).

창천대검수(蒼天大劍手).

독보진천하(獨步震天下).

중원절대검(中原絶大劍).

세간에 떠도는 남궁세가를 상징하는 단어들의 면면만 살펴도, 그들이 얼마나 강력한 무인집단인지 새삼 다시 말할 필요가 없었다.

호사가들이 강호의 검(劍)을 말할 때 화산(華山)과 더불어 언제나 첫 번째로 거론하는 이름, 남궁.

관부?

안휘성의 관리로 취임하면 남궁세가에 하례를 구하러 가는 마당에 그 영향력이 관부와 비할 바가 아니다.

그들은 조휘의 말대로 이 안휘성의 실질적인 왕.

"하하……."

문득 상관비가 허탈하게 웃는다.

이 안휘성의 누구라도 남궁세가에 줄을 대고 싶어 한다.

하지만 그게 어디 쉬운 일인가?

화룡상단도 다를 바 없었다.

화룡상단이 안휘제일상단으로 불리지 못하는 것은 남궁세가를 후견으로 두지 못했기 때문이다.

남궁이란 이름만 있다면 이 안휘에서 통하지 않을 일이 없을 터, 그야말로 모든 일에 만사형통인 것이다.

"……의제, 그게 가능하리라 보는가?"

얼마 전 조휘는 우연히 장봉현에서 강호인들을 만났다.

기루 앞에서 팽팽하게 대립하고 있던 강호인들.

후일 합비의 정보상에게 비싼 값을 치르고 안휘의 정세를 파악한 후에 알았지만, 그 기루는 그 유명한 천예루(千藝樓)였고, 그 천예루의 이권을 두고 대립했던 자들이 바로 사검회(四劍會)와 호왕문(虎王門)의 고수들이었던 것이다.

사검회는 네 명의 고수를 주축으로 결성된 일종의 이권조직 즉 사파에 가까웠고, 호왕문은 장봉현에서 이름깨나 날리는 정통무관이었다.

하지만 그들은 구파나 오대세가와 같은 거대문파에 비하면 그야말로 피라미 같은 자들.

조휘가 현대에서 보던 무협소설 속에서는 엑스트라급 강호인 정도?

그럼에도 그들의 살벌함은 지금 떠올려 봐도 온몸의 털이란 털은 모두 곤두설 정도로 너무나 강렬하게 남아 있었다.

거대한 태도(太刀)를 무슨 수수깡처럼 휙휙 돌리는 호왕문 무인의 완력도 경악이었지만, 유려한 검날로 그 모든 거친 공격을 완벽하게 막아 내던 사검회 고수의 몸놀림은 가히 버들가지 같았다.

그들의 공방은 너무 현실성이 없어서 마치 잘 만들어 놓은 CG영화를 보는 것 같았다.

인간의 몸으로는 도저히 꺾을 수 없는 각도였는데도 비틀어졌고, 칼질 한 방에 온 사위가 풍압으로 뿌옇게 변했으며, 병장기들의 마찰음이라고는 믿을 수 없을 정도로 거친 파열음이 사방으로 몰아쳤다.

호왕문의 무사가 무려 공중으로 오 미터 정도를 도약하며 태도를 내려치자 마치 지진이 난 것처럼 자신의 발밑까지 울렸다.

그자가 현대로 갈 수만 있다면 아마 죽을 때까지 높이뛰기 금메달을 놓치지 않을 것이다.

그러나 그들의 용맹한 칼춤은 채 일각도 이어지지 못했다.

어느덧 홀연히 나타난 청룡의(靑龍衣)를 걸친 검수.

-사파 놈들. 잠시라도 한눈을 팔면 바퀴벌레처럼 기어 나오는구나.

작지도 크지도 않은 나지막한 목소리.

순간, 생사대결을 펼치던 자들이 얼음이 되었다.

-버러지 같은 놈들. 썩 꺼지거라.

그토록 엄청난 대결을 펼치던 사검회의 고수들이 꺼지라
는 말 한마디에 진짜 꺼져 버렸던 것.

그들은 정말 한순간의 고민도 없이 전광석화처럼 경공술
을 펼쳐 장내에서 사라져 버렸다.

나중에야 알았지만 그 청룡의의 검수는 그렇게 명성이 높
은 강호인도 아니었다.

단지 그가 속한 곳이 남궁세가였던 것.

그래도 청룡의 표식을 의관에 새길 정도면 적어도 창천검
수(蒼天劒手)의 칭호를 하사받은 자였고, 이는 대남궁세가
서열 오십 위권이라는 뜻이었다.

그 광경은 조휘에게 큰 충격이었다.

대체 저런 엄청난 자들을 말 한마디로 꺼지게 만들 정도라
니!

그 뒤로부터 조휘는 남궁이라는 이름에 매료되어 한시도
잊을 수 없었다.

"소제가 처음 형님을 찾아갔던 날을 기억하십니까?"

조휘의 질문에 상관비가 피식거렸다.

"……풋! 어찌 잊을 수 있겠나?"

"네. 저로서도 믿을 수 없는 결과였습니다. 사실 그 당시 제가 형님에게 드릴 것은 그저 다짐뿐이었습니다. 그럼에도 형님은 제게 은자를 내주셨죠."

"하하! 이 우형이 다시 그때로 돌아갈 수만 있다면 육백 냥이 아니라 육천 냥을 내줬을 걸세."

조휘가 마주 피식 웃다 다시 말했다.

"이번에도 모험을 걸어 보겠습니다. 밑져야 본전이지요. 설마 죽이기야 하겠습니까?"

상관비가 천천히 고개를 끄덕인다.

"맞네. 땡전 한 푼 없이 이만한 철방을 일궈 낸 의제 아닌가? 일이 잘돼서 혹 후견 관계가 성사된다면 이 우형이나 잊지 말게."

조휘의 눈이 초승달처럼 휘어진다.

"……맨입으로요?"

"어허! 사람하고는!"

한 차례 눈을 흘기던 상관비가 자리를 털고 일어났다.

"이만 가 보겠네. 무슨 일이 생기면 꼭 서신을 보내게."

"그리하겠습니다."

그때, 이 총관이 객당으로 들어왔다.

"방주님. 철방대부께서 찾아 계십니다."

"아버지께서요?"

고개를 모로 꺾던 조휘가 잠시 후 상관비를 향해 포권했다.

"무슨 일이 생긴 것 같네요. 그럼 상행길 무탈하십시오."

"고맙네. 의제."

3章.

'흠…… 갑자기 의관을 정제하라니…… 무슨 일이실까?'

소산각에서 아버지를 뵙고 인사를 했더니 뜬금없이 의관을 정제하고 처소에서 기다리란 말만 남기고서 사라지셨다.

기다린 지도 벌써 두 시진째.

조휘로서는 애써 졸음을 참으며 하릴없이 기다릴 뿐이었다.

약 반각 정도가 지나자 드디어 인기척이 들려왔다. 대찬 걸음 소리로 보아 아버지가 틀림없었다.

드르륵

처소의 미닫이문을 열며 들어온 조순.

그의 두 손엔 궤짝 같은 것이 들려 있었다.

"아버지."

아들이 자신을 맞이하며 일어서자 조순이 이를 제지했다.

"그대로 앉아 있거라."

"예."

묵묵히 걸어가 아들의 맞은편에 꿇어앉는 조순.

"갑자기 이 무슨? 왜 이러십니까?"

조휘가 황급히 마주 꿇어앉자 조순이 입을 열었다.

그의 얼굴에는 엄숙함과 결의로 가득 차 있었다.

"이 물건이 언제부터 우리 가문에 전해진지는 나도 모른
다. 아마도 조맹덕 조사님의 신물이라 짐작은 하나 그것 역시
선조들의 추측일 뿐 확실하지가 않다. 다만, 그 시대를 대표
하는 가문의 적자에게 이것을 전하라는 선조님들의 가언(家
言)만 전해질 뿐이지. 그리고 오늘 나는 이것을 너에게 전하
기로 결정하였다."

이어 두 손으로 공손히 궤짝을 내려놓는 조순.

"누가 뭐래도 우리 가문을 일으켜 세운 것은 너다. 네가 우
리 세대를 이끌 적임자다."

"아, 아부지. 그 무슨 섭섭한 소리를 하십니까? 모두 다 아
버지가 계셔서……."

조순이 조휘의 말을 딱 잘랐다.

"조씨 가문의 이십이 대손 조순이 전한다! 차남 휘(輝)는
가문의 대표자로 나서 의천혈옥(義天血玉)을 받들라!"

잠깐만.

이거 어디서 많이 보던 장면인데?

물론 저런 거창한 멘트는 없었지만 틀림없이 이미 대한민국에서 자신이 한 번 경험한 장면이다.

서로 정장을 입고 마주 꿇어앉아 내게 홍옥 목걸이를 걸어주던 아버지.

조휘가 엄숙한 표정으로 궤짝을 내미는 조순을 한 차례 슬쩍 쳐다보더니 조심스럽게 궤짝을 열어 본다.

"앗!"

핏빛처럼 붉디붉은 홍옥.

비록 목걸이의 형태가 아니었지만 자신이 차고 있었던 홍옥이 틀림없었다.

현대인 시절, 이십대 초부터 한시도 몸에서 뗀 적이 없었기에 몰라볼 수가 없었다.

"다음 세대를 이끌 가문의 적자에게 물려줄 때까지 항상 몸에 지니고 있거라. 그것이 의천혈옥을 받든 적자로서의 사명이니라."

"……."

조휘는 도무지 믿을 수가 없었다.

'그렇다면 이 의천혈옥이란 것이 조씨 일가의 보물과 같은 것이고…… 이게 우리 집 가보였다면…… 그럼 난 머나먼 선조의 몸에 들어온 거?'

그때였다.

-아니? 이 기운은? 이놈은 벌써 한번 의천겁(義天劫)을 겪은 후손 같습니다. 안 그렇습니까, 조부님?

-틀림없는 의천의 기운일세. 이 정도의 기운이라면 이미 존자(尊者)이지 않은가?

-맞아! 이놈은 존자네! 의심할 여지가 없어!

-허어! 이 무슨 조화로고!

-이게 가능한가? 존자가 어떻게 현생에 실제할 수 있단 말인가? 의천겁을 겪었다면 필시 혈옥에 갇혀야 하거늘!

갑자기 혈옥 쪽에서 수많은 목소리들이 들려오자 조휘가 기겁을 했다.

"어, 엄마야!"

조순이 의아한 얼굴로 물었다.

"왜 그러느냐?"

조휘가 홍옥을 가리키며 뒷걸음질 친다.

"호, 홍옥이 마, 말을……!"

-오잉? 우리의 말이 들린다고?

-우리가 느껴져?

-어찌 이런 일이! 허면 저 어린 후손과 대화가 가능하단 뜻입니까?

-허허! 선재로다. 선재야.

헛들은 것이 아니다.

음파로 전해지는 진짜 소리의 영역은 아니었지만, 분명히 마음에서 들려오는 목소리였다.

"……나도 한때 홍옥을 바라보다 기묘한 꿈을 꾼 적이 있다. 보통 기물이 아니니 항시 마음을 정갈히 하거라."

"예? 예."

어느덧 처소에서 나가 버리신 아버지.

조휘가 믿지 못하겠다는 듯한 얼굴로 한참 동안 멍하니 홍옥을 바라만 보고 있자, 또다시 예의 목소리가 들려왔다.

그런데 지금까지 듣던 목소리가 아니었다.

-조용.

마치 영혼이 진탕되는 것 같은 강렬한 존재감!

그 말 한마디에 모든 웅성거림이 잦아들었다.

-네 이름이 무엇이냐?

이건 환청도 뭣도 아니다.

기상천외한 일이었지만 일단 받아들일 수밖에 없었다.

조휘가 침을 꿀꺽 삼키며 말했다.

"저는 조휘라고 합니다."

-…….

의천혈옥에서 한동안 아무런 목소리도 들리지 않았다.

무슨 말이든 계속 해 주길 바랐지만 계속 아무런 반응이 없자 조휘가 먼저 침묵을 깼다.

"저…… 괜찮으니 편히 말씀해 주시지요."

……

한참 동안 침묵하던 의천혈옥에서 마침내 목소리가 다시 들려왔다.

-우리의 목소리가 들린다는 것은 네놈이 지닌 영혼의 격(格)이 우리 존자들과 맞먹는다는 뜻. 한데 어째서 너에게는 끈이 보이지 않는 것인가?

영혼의 격이니 존자니 하는 것은 조휘로서는 도무지 금시초문인 이야기들이었다.

"끈이요? 그게 무슨……?"

-의천혈옥의 선택과 은총을 받은 후인은 그에 합당한 대능력을 얻게 된 후, 그 대가로 반드시 혈옥과의 연(緣), 즉 끈으로 연결되는 법. 마침내 너의 모든 삶이 다하면 그 끈에 의해 혈옥의 품으로 영혼이 귀속된다. 한데 너에게는 그런 끈이 보이지 않아.

"……혈옥의 은총? 능력을 얻어요?"

-그렇다. 반드시 어떤 능력을 받았어야 정상이다. 그것 말고는 존자에 버금가는 네 영혼의 격을 설명할 길이 없다.

글쎄?

항시 목에 걸고 있었지만 무려 대능력이라고 칭할 만한 것을 받은 적이 있었나? 단연코 없었다.

"대능력이라면 어떤 능력을 말씀하시는 것입니까?"

-무엇을 원했느냐에 따라 달랐을 터. 네가 무재(武才)를 원

했다면 천인합일(天人合一)의 육체를 받았을 것이고, 붓깨나 굴렸다면 천뇌(天腦)를 얻어 상단전을 도모할 수 있었겠지. 제왕을 꿈꿨다면 심안(心眼)을 얻어 천하 모든 이들의 마음을 훔쳤을 것이며, 도를 구하는 수행자였다면 돈오(頓悟)의 벼락을 맞아 위대한 구도자가 되었을 것이다.

천뇌니 심안이니 돈오의 벼락이니.

죄다 고대 전설이나 서책에서나 등장하는 초능력들. 진즉에 자신에게 그런 능력이 있었다면 그렇게 힘겹게 살아오지 않았을 것이다.

그 어떤 것도 경험하지 못한 조휘로서는 내심 기가 찰 노릇이었다.

"……저는 그런 은총을 결단코 받은 적이 없습니다."

-뭐라?

능력이라고 부를 만한 것을 받은 적은 없지만, 자신에게 일어난 딱 한 가지 이상한 일은 있었다.

과거로 와서 다른 이의 삶을 살게 된 것. 그런데 왠지 모르게 그 사실을 함부로 말할 수 없었다.

왜 그런 마음이 드는지는 모르겠으나 말하기가 그냥 꺼림칙했다.

미지의 존재를 향한 막연한 두려움일까?

아직 이들이 자신에게 호의적인지 적대적인지도 알 수가 없었다.

의천혈옥에서 다시 목소리가 들려온다.

-갈(喝)! 숨기지 마라. 너는 의천혈옥에서 반드시 무언가를 취했을 것이다! 그 이외에는 네 영혼의 격(格)을 설명할 방법이 없는 터!

"……."

자신의 환생이 아버지가 주신 목걸이의 능력에서 비롯된 것이라면, 그의 말이 맞을지도 모른다.

그러나 그것을 확신할 수는 없다.

그냥 죽고 보니 조휘였다.

과연 그 일이 목걸이 때문이었나?

의심은 간다.

수많은 영혼이 들어 있는 목걸이라니?

그것만으로도 현실성이 없었고, 무엇보다 그들의 말에서 일견 신빙성이 느껴졌으니까.

문제는 과연 이들에게 자신이 겪은 환생의 전말을 말해도 되느냐다.

조휘는 조금 모험을 걸어 보기로 했다.

"솔직히 말씀드리면 기이한 일을 겪은 바가 있습니다. 그러나 그것이 의천혈옥 때문에 일어난 일인지는 확실하지 않습니다. 또한 그것은 제 일생의 비밀…… 전 그저 두렵습니다."

슬쩍 떠보기.

의외로 의천혈옥이 빨리 반응한다.

-너는 나를, 우리를 믿지 못하는 것이로구나. 우리는 너의 머나먼 선조들이다. 너는 그저 우리에게 어여쁜 후손, 그 이상 그 이하도 아니다. 더욱이 우리 모두는 영혼으로만 존재할 뿐, 물질계에 힘을 행사할 능력도 의사도 없다. 이런 우리가 네놈에게 무슨 해를 끼칠 수 있겠느냐?

한없이 부드럽고 자애로운 느낌의 언령(言靈).

조휘는 왠지 가슴 깊이 묻어 둔 설움이 욱하고 튀어나왔다.

"……정말 저의 선조님들이십니까?"

-그렇다. 오직 조가(曹家) 직계 가문에만 전해지는 것이 의천혈옥. 너는 네 시대의 조가를 책임지는 적자이지 않더냐? 한데 우리가 너에게 무슨 악의가 있겠는고…….

한참을 입술을 깨물며 고민에 고민을 거듭하던 조휘가 체념한 듯 고개를 푹 숙였다.

"저는 환생을 했습니다……."

-화, 환생?

-그럴 리가?

-조, 조사님……!

웅성웅성.

영혼들의 동요는 꽤나 심했다.

환생(還生).

혹은 회귀(回歸).

그것은 저 새까만 후손이 겪을 일이 아니었다.

또한 그것은 자신들이 영혼까지 바쳐 가며 의천혈옥에 갇힌 진정한 이유와 맞닿아 있는 비밀이다.

-어찌 네가……!

또다시 나타난 가장 강렬한 울림을 지닌 영혼.

-허허! 허허허허허허허……!

마치 모든 감정을 쥐어짜는 듯한 웃음소리다.

조휘는 그 모든 감정들이 너무나 생생하게 가슴에 저며 들어 고통마저 느껴졌다.

당혹, 경악, 허탈, 분노!

-끝내 하늘은 내게 역천을 허락지 않았구나! 나는 세세토록 한낱 모리배로 남겠구나…… 허허허! 사마(司馬)여! 그대들의 승리로다! 허허허허허!

고스란히 자신에게 전달되는 처절한 감정 때문에 조휘는 머리를 감싸 안고 한참 동안 고통을 견뎌야 했다.

이각쯤 지나 고통이 모두 가라앉을 무렵, 더 이상 어떤 목소리도 들리지 않았다.

"저기…… 조상님들?"

아무리 불러 봐도 침묵만 감돌자 조휘는 식은땀을 닦으며 의천혈옥을 품속에 넣었다.

"후…… 이게 무슨 날벼락인지……."

조휘는 가끔씩 간헐적으로 떠오르던 지식의 파편들이 저들과 무관하지 않다는 것을 본능적으로 깨달을 수 있었다.

왠지 오늘은 오랫동안 잠이 오지 않을 것 같았다.

드르륵!

"나, 남궁세가에 간다고?"

한껏 상기된 얼굴로 조휘의 집무실까지 한걸음에 달려온 조혁!

얼마나 마음이 급했는지 의복도 제대로 갖추지 않고서 심지어 맨발이기까지 했다.

조휘가 마치 예상이라도 한 듯 한숨을 내쉬며 입을 열었다.

"응. 안 돼."

"아우님!"

초롱초롱한 눈으로 마치 무릎이라도 꿇을 기세로 조휘에게 뛰어오는 조혁.

조휘는 꿈쩍도 하지 않았다.

"형, 나 놀러 가는 거 아니야."

조혁이 주먹을 불끈 쥐며 다짐한다.

"절대로 입을 열지 않으마! 네 옆에서 수행만 하겠다! 그냥 구경 한 번만 시켜 주는 것이 어려운 일도 아닌데……!"

"안 돼."

"아우님! 아니 형님!"

가히 바짓가랑이라도 붙잡을 기세.

결국 조휘는 회심의 카드를 꺼내 들었다.

"아버지께 부탁해서 진검(眞劒) 만들어 줄게."

"뭐? 지, 진검을?"

조혁은 잠시 세차게 눈빛이 흔들리는 듯했으나, 금방 결연한 얼굴로 돌아왔다.

"진검 열 자루를 준다고 해도 난 흔들리지 않는다! 제발! 남궁세가! 응? 으응?"

"안 된다니까."

"아……!"

마치 울음을 터트릴 것만 같은 조혁의 얼굴.

그때, 굵직한 아버지의 목소리가 들려왔다.

"휘아야. 입 뻥긋하지 않고 수행원처럼 있겠다지 않느냐."

"아니, 아버지까지 왜 그러십니까?"

이런 일에 좀처럼 나서지 않는 아버지다.

더구나 남궁세가와 연을 맺는 자리가 얼마나 중요한지 몇 번이나 설명한 터.

"너희는 형제다. 모든 일을 너 혼자 감당하려 하지 말거라. 그래도 혁이는 네 형이다."

아니, 아부지.

저놈은 아직 노답이라고요.

사람 구실을 못하잖아요.

저 철부지를 누구보다 잘 아시면서 왜 이러실까?

조순은 그런 조휘의 어이없다는 시선을 애써 외면했다.

누가 뭐래도 조씨 일가의 장남은 조혁이다.

그런데 어제 가문의 적자 자리와 비전보물을 차남에게 내 줬다.

아버지로서 마음이 편할 리가 없는 것이다.

"내 다시는 이런 부탁을 하지 않으마. 이번만큼은 네가 양 보하거라."

"으……."

남궁세가와 같은 용담호혈에 조혁을 데려간다? 아무리 좋 게 생각하려 해도 못 미덥다.

말 한마디 행동거지 하나에 모든 게 끝장날 수도 있다.

"정말 입 뻥긋 안 할 자신이 있어?"

조혁의 얼굴에 금방 화색이 돌았다.

"물론! 무사의 기본은 우직함! 과묵하면 나다!"

"후……."

조휘는 형을 한번 믿어 보기로 했다.

◆　◈　◆

합비로 출발하기 전 잠시 작업장을 살피던 조휘를 향해, 소 산각의 일꾼 하나가 숨을 헐떡이며 달려왔다.

"방주님! 큰일 났습니다!"

조휘가 소산각 일꾼의 행색을 살피고서는 안색을 굳혔다.

머리는 봉두난발이었고 작업복도 여기저기 찢어져 한눈에 봐도 해코지당한 듯 보였다.

"무슨 일이십니까?"

소산각의 일꾼은 한참이나 숨을 더 헐떡이더니 두려운 눈으로 철문 쪽을 쳐다봤다.

"사람들이 굉장히 많이 몰려왔습니다! 무기도 들고 있어요!"

조휘의 안색이 새파랗게 변했다.

"……무기요?"

"아 그게…… 무기랄 것까진 아니고…….."

콰쾅!

굉음과 함께 강제로 철방의 철문이 열린다.

험상궂은 얼굴로 철방으로 진입하는 수십 명의 장정들!

그들은 하나같이 호미나 낫, 쇠스랑 등을 손에 꼬나들고서 살기를 내뿜고 있었다.

"개새끼들! 다 죽여 버리겠다!"

"조가철방 놈들의 씨를 말려라!"

조휘는 간신히 뛰는 가슴을 진정시키고서 그들을 훑어보았다.

걸치고 있는 작업복이나 상처투성이의 두툼한 손, 소지한 무기들의 면면으로 보나 저들은 틀림없는 철방 장인들이었다.

'……올 것이 왔군.'

그제야 조휘는 차분하고 냉정한 눈을 했다.

오늘의 일은 염가로 철제 기구를 판 그 순간부터 이미 예정된 수순.

조휘가 오히려 그들의 앞으로 성큼 나서며 정중하게 포권했다.

"저는 조가철방의 방주 조휘라고 합니다!"

장인들의 얼굴이 더욱 흉신악살처럼 일그러진다.

"오냐! 너 잘 만났다! 그 잘난 상판대기를 내가 찢어 주마!"

"네놈이냐? 이 상도(商道)도 모르는 놈아!"

"시팔! 이제 와서 예의를 차려? 뻔뻔하기 그지없는 놈!"

격분하며 온갖 욕설을 늘어놓는 철방의 장인들!

무표정한 얼굴로 그들의 욕을 듣고 있던 조휘가 포권을 풀더니 짐짓 배를 쭉 내밀었다.

"내가 도대체 여러분들께 뭘 잘못했는데요?"

벌벌 떨며 그 광경을 바라보던 조순이 기겁을 했다.

"……휘, 휘아야!"

불난 집에 기름을 퍼붓는 것도 아니고!

하지만 조휘는 그칠 생각이 없는 듯 보였다.

"아니 아부지, 제가 뭐 틀린 말을 한 게 아니지 않습니까? 우리가 뭔 죄를 지었는데요?"

너무나 어안이 벙벙해 오히려 화가 잦아들 지경!

철방 장인들 중 대표로 짐작되는 장정이 가장 먼저 나섰다.

"흥! 장사에도 상도가 있다!"

조휘가 장난스럽게 웃으며 입술을 삐죽거린다.

"풋! 상도요?"

"이 새끼가!"

천천히 장인들 사이로 걸어가며 한 명 한 명 응시하는 조휘.

"한 가지만 묻죠! 저희 조가철방보다 싸게 팔아도! 그래도 이문이 남는다면! 어르신들은 그래도 가격을 내리지 않고 상도를 지키실 수 있으십니까?"

"……."

"……."

현재 조가철방은 병장기를 판매하지 않는다.

당연히 병장기를 주력으로 판매하는 철방의 장인들은 지금 이곳에 없을 것이다.

철방의 현판 밑에 걸려 있는 매병패(賣兵牌)는 잘나가는 철방의 상징과도 같은 것.

이곳 조가철방에 찾아온 자들의 대부분은 힘도 없고 빽도 없는 영세한 철방의 주인들이었다.

당장 끼닛거리가 없어 가족들이 굶어 죽는 마당에 물건을 싸게 팔 수만 있다면, 그래도 이문이 남는다면, 누구라도 가격을 낮춰서 팔 터.

그래서 철방의 장인들은 조휘의 말에 섣불리 반박할 수 없었던 것이다.

"저를 따라오시지요! 저희 철방을 구경시켜 드리겠습니다!"

조휘는 철방 장인들의 의사도 들어 보지 않고 퉁명한 얼굴로 앞서 걸어갔다.

이에 몇몇 장인들이 조심스럽게 주위의 눈치를 살피더니 조휘의 걸음을 좇아 따라갔다.

선동에 휘말려 찾아오긴 했으나 막상 조가철방의 방주란 자가 저리도 호기롭게 철방의 내부를 보여 주겠다니 내심 궁금증이 일어난 것.

그렇게 물건을 싸게 팔고도 이만큼 거대한 규모의 철방을 운영할 수 있다는 것은 이들에게 미지의 영역 그 자체였다.

잠시 후, 조휘를 따라 조가철방의 공방에 들어선 장인들이 한결같이 입을 벌리며 경악하고 있었다.

"세상에 모, 모루가 몇 개야?"

"대체! 이 많은 사람들이 모두 장인이란 말이오?"

조휘는 그들이 모든 공정을 빠짐없이 지켜볼 수 있게 그저 팔짱을 낀 채 기다릴 뿐이었다.

처음 분업 시스템을 경험한 조순과 마찬가지로 장인들에게도 그것은 일종의 경이(驚異).

깡! 깡! 깡!

화악! 화악! 화악!

한 치의 빈틈도 없는, 마치 톱니바퀴처럼 협업하는 공방의 일꾼들.

백여 명이 넘는 사람들이 저토록 완벽하게 무언가를 함께 생산하는 모습이라니!

그들로서는 한 번도 경험하지 못했던 문화 충격 그 자체였다.

쿵!

불과 한 시진도 안 되어 어느새 완성된 대형 쇠쟁기가 주조꾼들에 의해 진열대로 옮겨진다.

진열대에는 이미 백여 개의 쇠쟁기가 김을 뿜으며 열을 식히고 있었다.

한 장인이 실성한 듯 고개를 도리질했다.

"미, 미친! 말도 안 돼!"

쇳물이 주물이 되고 쇠쟁기가 될 때까지 그 모든 공정을 직접 보고서도 도무지 믿을 수가 없었던 것.

자신이 저런 대형 쇠쟁기 하나를 만들려면 열흘은 꼬박 작업에 매진해야 했으니 그 충격을 어찌 말로 표현할 수 있을까?

"……저를 이기실 수 있겠습니까?"

졌다. 이건 도저히 이길 수 없다.

이 압도적인 광경을 보고도 멀쩡하게 정신을 유지할 수 있는 장인은 아마도 존재하지 않을 것이다.

철저한 패배감!

그렇게 모든 장인들이 굳어진 얼굴로 멍하니 서 있을 때, 때가 됐다는 듯이 조휘가 비장의 카드를 꺼내 들었다.

"여러분들은 도대체 언제까지 사천에 눌려 사실 요량이십니까?"

풍부한 철광 산지를 바탕으로, 전 중원에서 생산되는 철제 기구의 칠 할을 생산하는 장인(匠人)의 대지 사천성(四川省)!

황실 장군부의 병사들이 쓰는 병장기는 거의 모두 사천에서 생산된다고 봐도 무방했다.

"안휘의 명장인 대화흑철방의 모수극님께서 천하제일장(天下第一匠)의 위에 오르시고도, 왜 우리 안휘는 늘 사천에 밀려 이인자 자리에 머물 수밖에 없는 겁니까?"

슬슬 하나둘씩 맞장구가 튀어나온다.

"오, 옳소!"

"암!"

들불처럼 번지는 고향부심!

내부의 혼란과 불만을 잠재우는 수단으로 공통의 적을 앞세우는 방법만큼 효과적인 것은 없었다.

나치의 안티 유태인 정책은 고고한 독일 지식인들의 이성조차 마비시킨 힘! 게다가 독일민족을 더욱 똘똘 뭉치게 만든 원동력은 아리아인의 우월성을 앞세운 민족 전체주의다.

조휘가 그 방법을 그대로 쓰고 있는 것이다.

"최근 백 년 내로 우리 안휘가 황실의 일감을 얻은 적이 있습니까? 황실은 그 엄혹한 전란 속에서도 우리 안휘의 아들들을 병사로만 차출해 갔을 뿐! 우리 안휘는 철저하게 외면만 당해 왔습니다! 그렇지 않습니까?"

연신 '우리 안휘'를 앵무새처럼 반복하는 조휘!

"더구나 우리 안휘에서 무엇이 나왔습니까? 천룡보도와 육맥신검은 누가 만들었습니까?"

이백 년 전, 오월의 전설적인 장인 구야자와 비견되는 위대한 장인이 안휘에서 태어났다.

천수장인(天手匠人) 목고월.

그가 만든 필생의 역작이 바로 천룡보도(天龍寶刀)와 육맥신검(六脈神劍)이었다.

"그렇고말고! 우리는 당당한 천수장인님의 후예다!"

"실력으로만 따지면 우리 안휘의 장인들이 훨씬 더 훌륭하지!"

"흥! 사천은 그저 무식하게 광산만 많을 뿐이야!"

"암! 폐하께서 너무하셨지!"

그렇게 장인들의 고향부심이 정점을 찍을 무렵, 조휘가 다시 그들을 향해 정중히 포권했다.

"제 꿈을 이룰 수 있게 도와주십시오!"

잠시간의 정적.

"……꿈을 도와 달라니, 그게 무슨 소린가?"

조휘가 더욱 목청에 힘을 줬다.

"안휘가 다시 사천을 이기려면 물량으로 압도해야 합니다! 안휘의 철제 기구들로 천하를 덮어 버리잔 말입니다! 각자 흩어져서 철방을 운영한다고 저희가 사천을 이길 수 있을 것 같습니까? 모두가 힘을 합쳐야 삽니다!"

이어 조휘의 손가락이 대산각과 소산각의 일꾼들을 가리켰다.

"저들을 지도해 주십시오! 어르신들의 경력을 높게 사 드리겠습니다! 궂은 철방 일은 이제 안 하셔도 됩니다! 아버지! 이리 오시죠!"

얼떨떨한 얼굴로 끌려오는 아버지, 조순.

"저희 조가철방의 철방대부님이십니다! 현재 홀로 저들의 모든 지도를 담당하고 계시지요! 저는 어르신들 모두를 철방대부로 모시고 싶습니다!"

조휘의 시선이 다시 장인들에게로 향했다.

"철방대부의 월봉은 은자 열 냥! 게다가 각종 수당까지! 당연히 어르신들 철방의 모든 재고와 도구들도 제가 고가에 인수하겠습니다!"

어느새 품에서 두툼한 서류뭉치를 꺼내 들며 흔드는 조휘.

"저를 도와주시겠습니까? 어르신들!"

웅성웅성.

한 달 내내 뼈 빠지게 망치질해도 은자 열 냥의 이문을 내기란 결코 쉽지 않다.

한데 그런 힘든 철방일을 하지 않아도 되고, 단지 후학을 지도하는 것만으로도 은자 열 냥의 월봉을 받을 수 있다니?

그러나 그들에게는 아직 꺼림칙한 게 남아 있었다.

조휘가 마침내 선동의 정점을 찍는다.

결연한 얼굴로 현판을 응시하는 조휘!

"안휘철방(安徽鐵坊)! 어르신들이 들어오면 당연히 새롭게 태어날 이름입니다!"

그렇게 그날, 조휘는 스물일곱 명의 철방대부를 얻었다.

염가의 철제 상품을 앞세워 안휘의 모든 군소 철방을 적대적 인수합병(M&A)한 것이다.

갑작스런 이벤트로 합비행이 지연됐다.

스물일곱 명이나 새롭게 영입한 철방대부들을 최대한 활용하려면 철방을 더욱 확장할 필요성이 있었기 때문이다.

조휘는 가장 큰 규모의 대산각을 삼조(三組), 소산각은 이조(二組)로 나누었다.

대산각과 소산각에는 노련한 일꾼들이 제법 있어서 신입들과 골고루 섞으면 문제될 것이 없었기에 조 편성이 쉬웠다.

하지만 거의 초보로 구성된 기산각은 최대한 빨리 역량을 끌어올려야 했기에 조를 나눌 수가 없었다.

철방대부가 가장 많이 투입된 곳도 바로 기산각이었다.

기산각에서 가장 먼저 생산을 시작하고 싶은 상품은 바로 마차였다.

세 달 전 조휘는 마차를 구입했는데, 관도 외의 일반 흙길에서는 도저히 사람이 탈 것이 못 됐다.

이 세계의 마차에는 현가장치(서스펜션)가 없었다.

거친 노면의 진동이 고스란히 마차 내부에 전달되었고, 반각만 지나도 계속된 충격으로 인해 엉덩이가 그야말로 깨질 것 같았다.

그래서 조휘는 판형 서스펜션의 개발을 기산각에 주문했다.

현대인 시절 자동차 관련 다큐멘터리에서 봤던 판형 서스펜션.

처음에는 스프링 서스펜션을 개발해 보려고 했지만 아직 고난이도의 금형 기술이 없는 중원세계에서는 무리였다.

조휘는 스프링의 '형태'만 알고 있을 뿐이었다.

물론 주물을 길게 연성해 코일 형태로 감아 스프링을 만들어 본 적은 있었다.

그러나 그 위에 무거운 짐을 올리자마자 스프링이 바로 깨져 버렸다.

어떤 재질의 철로 만들어야 하는지 합금에 관한 지식이 전무했던 조휘로서는 스프링 형태의 서스펜션을 포기할 수밖에 없었던 것이다.

그래서 판형 서스펜션을 만들기로 했다.

길이가 다른 철판을 여러 겹으로 붙여 고정시킨 형태의 판 스프링은 현대에서도 버스나 덤프트럭, 밴 등의 대형 상용차에

쓰이는 기술.

무엇보다 만들기가 스프링보다 훨씬 쉬웠다.

비록 아직은 무거운 물건을 올리면 휘어 버리거나 깨지고 있었지만, 연철(軟鐵)의 비율을 계속 조절하는 등 계속된 실험으로 최근에는 꽤나 성과가 나오고 있었다.

아마도 올해가 지나가기 전에 그럴싸한 서스펜션이 탄생할 것으로 기대하는 중이었다.

만약 판형 서스펜션의 개발을 완료하고 이를 적용한 마차를 시장에 내놓는다면 그것은 가히 혁명일 터.

철방의 매출이 얼마나 늘어날지 조휘는 상상만으로도 즐거웠다.

조가철방, 아니 안휘철방은 이제 총 삼백여 명의 일꾼으로 북적였다.

조휘가 그동안 모은 금자를 이번 개편에 아끼지 않고 모두 투자한 것이다.

이대로 몇 달이 지나면 매출이 얼마나 늘어날지 감도 잡히지 않았다.

'후후……'

바삐 움직이는 일꾼들을 흐뭇하게 바라보는 조휘.

각종 수당제를 적용한 것은 그야말로 신의 한 수였다.

일꾼들 대부분이 성과 수당과 시간외 수당을 받아 가려고 미친 듯이 일에 매진하고 있었다.

물론 수당을 좀 과하게 주긴 했다.

하지만 현대에서 수년 동안 알바를 전전하며 열악한 노동 현실, 그 설움을 직접 마주해 온 조휘다.

이러한 통 큰 결정의 이면에는 일종의 대리만족이 있었던 것.

이제 남은 것은 철광 문제를 해결하여 전문적으로 주괴를 생산하는 공방을 신설하는 것이었다.

주괴공방을 신설할 수만 있다면 지금보다 수십 배 이상 이문이 늘어날 것이 분명했다.

여기까지가 조휘가 계획하고 목표로 잡은 일차적인 구상. 이제 슬슬 다음 단계를 구상할 때다.

'무조건 합비로 진출해야 돼.'

웬만한 현(縣) 수십 개를 합쳐 놓은 인구.

합비는 풍부한 인적 자원과 물자, 각종 거래처로 넘쳐나는 안휘성의 서울이다.

'그리고 정보!'

강호방파들의 서열 관계, 주요 거물들의 신상 정보, 관청과 거대 상단들의 최근 동향 등 이 모두가 큰물에서 놀아야 빠르게 접할 수 있는 정보다.

봉태현에서 듣는 정보는 속도가 느렸다. 이미 모든 일이 벌어져 무용지물이 된 정보를 접해 봐야 활용할 수가 없는 것이다.

그 한계를 요즘 들어 절실히 느끼는 조휘였다.

만약 화룡상단의 삼공자 상관비가 제공해 준 정보가 아니었다면 이미 조가철방은 망해도 몇 번은 망했을 것이다.

합비에 진출하려면 후견인을 두는 것은 필수다.

이곳 봉태현이야 별로 먹을 것이 없는 곳이라 관리와 이권 단체들의 시선에서 그나마 자유로웠기에 일을 벌이기가 쉬웠지만 합비는 다르다.

바늘 한 개 꽂을 곳이 없을 정도로 이미 합비의 시장은 포화 상태.

그런 용담호혈을 뚫고 사업을 시작하는 순간, 반드시 각종 이권 단체들과의 갈등이 유발될 것이다.

그래서 가장 두려운 것이 강호(江湖). 그들의 위력을 천예루 앞에서 몸소 체험한 조휘로서는 무섭지 않은 것이 더 이상한 일이었다.

"이 총관님."

일꾼들의 근태를 확인하고 있던 이 총관이 조휘의 부름을 듣고 다가왔다.

"예. 방주님."

"합비로 출발할 것입니다. 준비해 주십시오."

이 총관이 푸근하게 웃으며 마방을 응시했다.

"이미 모두 준비해 두었습니다."

이에 조휘가 마방으로 가 보았다.

그곳에는 이미 말 두 필과 건량 스무 포, 물을 가득 담은 가죽부대, 갈아입을 옷가지와 여비를 담은 전낭 등 모든 것이 준비되어 있었다.

조휘는 그 준비성에 새삼 놀라웠다.

"그럼 다녀오겠습니다. 아버지가 계시긴 하지만 철을 다루는 것 이외에는 다른 관심이 없는 분입니다. 철방의 운영은 전적으로 총관님께 위임하지요."

"혹, 얼마나 걸리시는지 여쭤봐도 되겠습니까?"

잠시 생각하던 조휘가 고개를 흔들었다.

"날짜 다짐을 할 수 없겠습니다. 목적한 바를 달성하기 전까진 복귀할 생각이 없습니다. 죄송하지만 기약 없는 여행길이 될 것 같습니다."

"그럼 중대한 결정을 내릴 일이 생겨도 방주님이 오실 때까지 미룰 수가 없겠군요."

조휘가 자신의 집무실을 쳐다봤다.

"예상되는 몇몇 일들을 적어 놓은 책자가 있습니다. 참고하시면 될 겁니다."

"하명하신 대로 처리하겠습니다."

조휘가 흐뭇하게 웃었다.

그를 영입하기를 참 잘했다고 생각했다.

◆ ◆ ◆

따각 따각.

말을 타는 것은 참 묘하다.

'무언가를 탄다.'라고 생각하고 말을 타면 낙마하기 십상이다.

마치 율동과 같은 말의 움직임에 자신의 온몸이 동화되어야 했다.

이제는 말의 발걸음에 맞춰 부드럽게 허리를 움직이는 자신을 발견하며, 새삼 처음 말을 탔을 때를 떠올려 보는 조휘다.

'크…… 참 많이도 떨어졌지.'

아직도 하체 곳곳에 깊은 상처들이 남아 있었다. 특히 정강이의 상처는 돌부리에 찍혀 뼈가 드러날 정도로 심하게 다친 곳이었다.

문득 조휘가 자신의 형 조혁을 쳐다봤다.

말을 타며 한 손으로 정신없이 책을 읽는 그 모습은 가히 신기에 가까울 지경.

집안 형편이 풀려, 서당에 가서 글을 배운 형이 가장 먼저 구입한 서책은 그 비싼 강호풍운록(江湖風雲錄)이라는 시리즈다.

총 스물네 권에 달하는 엄청난 연작.

천 년에 이르는 무림사를 연대별로 기록해 놓은 그 유명한 만박자(萬博子) 제갈유운의 저서이며 그 계통에서는 엄청난 인기를 자랑하는 베스트셀러다.

하지만 전설을 과대하게 해석하거나 특정 인물들을 편향적으로 깎아내리는 등 논란도 많은 서책이었다.

저 서책으로 인해 문파 간의 분쟁도 잦다고 들었다.

그런 강호풍운록을 읽는 조혁의 얼굴은 진지함 그 자체였다.

얼마나 많이 읽었는지 서책이 닳고 닳아 없어질 지경.

"……그렇게 재밌어?"

조휘의 질문에 건성으로 대답하는 조혁.

"응."

할 말을 잃은 조휘.

"하아……."

신이시여.

저 무협충 좀 구제해 주소서.

문득 조혁이 책을 덮고 째진 눈으로 조휘를 응시한다.

"너 지금 마음속으로 나 욕했냐?"

뜨끔했던 조휘가 자신의 시선을 외면하자 조혁이 굳은 얼굴을 했다.

"형이랍시고 너에게 해 준 것이 없는 거…… 나도 잘 안다. 그동안 형다운 모습을 보여 주지 못한 것도 잘 안다."

조혁의 눈빛이 일변했다.

"난 솔직히 아직도 네가 내 동생 조휘가 맞는지 믿기지 않아. 머리가 좋긴 했어도 이 정도는 아니었거든."

"……."

"나는 이번에 철방 어르신들을 설득하는 네가 마치 다른 세상에 사는 괴물 같았다. 내가 아는 그 누구도 그렇게 말을 잘하는 사람은 없어. 하지만……."

순간, 조혁의 눈빛이 사납게 변했다.

"네가 뛰어나다고 해서 내 삶이 진지하지 않은 것은 아니 다."

조휘는 내심 가슴이 철렁했다.

뭐지?

이 갑작스런 엄격, 근엄, 진지 모드는?

그제야 조휘는 자신의 형을 진지하게 바라본다.

얼마나 목검을 휘둘렀는지 손에 가득 잡힌 굳은살.

드러난 피부마다 빼곡하게 새겨져 있는 깊은 상처들.

헬스선수마냥 두터운 허벅지와 날렵하게 갈라진 온몸의 잔근육들.

지금까지 미처 보지 못했던 형의 진정한 면모가 이제는 보이기 시작한 것이다.

늘 휘파람을 불고서 장난처럼 목검을 휘두르며 집에 돌아오는 형의 그 모든 행동들이 부모님을 안심시키기 위한 하나의 제스처였을까?

누구에게나 진지한 구석 하나는 있음을, 더구나 사내라면 가슴에 열정을 품고 사는 것이 당연한 것임을 잠시 망각했다. 조휘가 자신의 형에 대한 평가를 다시 했다.

"……무지막지하게 단련했구나."

조혁이 피식 웃는다.

"검을 휘두르면 잊을 수 있는 것이 많아."

조휘는 그제야 형의 모든 행동들이 이해가 되었다. 그동안 형이 집안 사정을 헤아리지 않은 것이 아니라, 할 수 있는 게 없어서 처한 현실이 고통스러워 검만 미친 듯이 휘둘러 댄 것이다.

"가웅채…… 기억 나냐?"

형의 질문에 조휘가 묵묵히 고개를 끄덕였다.

칠 년 전, 안휘에 대흉작이 몰아치자 관에서 구휼미를 나눠 준 적이 있었다.

그때, 인근 가웅산의 산적들이 그 구휼미를 노리고 대담하게 봉태현을 습격했다. 물론 지금은 모두 토벌되어 사라졌지만.

"가웅채 산적들에게 흠씬 두들겨 맞는 아버지를 바라보며 내가 무슨 생각을 한 줄 아냐?"

들어 보지 않아도 형의 마음을 알 것 같다.

"난 지키고 싶다. 아버지를…… 그리고 내 동생들을. 다시는 누구도 매 맞게 두지 않을 거야."

조휘가 흐뭇하게 웃으며 조혁의 옆으로 말을 몰았다.

"잘할 수 있을 거야."

어깨에 걸쳐진 손.

조혁이 소름 돋는다는 듯한 표정을 했다.

"치, 치워! 인마!"

"하하!"

붉은 노을이 소담스럽게 송림(松林)에 걸쳐, 그 모습이 눈부시게 아름다운 날이었다.

◆ ◈ ◆

의천혈옥에서 재차 다시 음성이 들려온 것은, 봉태현을 떠나 안휘로 향한 지 팔 일째 되는 날이었다.

-세 치 혀로 장강 물도 팔 놈이로세.

-끌끌…….

웃음소리가 왠지 비웃음 같기도 하여 조휘의 미간이 찌푸려졌다.

그들에게 궁금한 것이 많았지만 남이 보면 허공에 대고 혼잣말하는 꼴로 비춰질 것이 뻔하다. 바로 옆에 형이 있어 대꾸할 수가 없었던 것이다.

-위대한 조가의 후예가 고작 철방 하나 키운답시고 저리도 발버둥이니…… 에휴…… 지켜보는 것도 이제 지치는구나.

-그래도 지 애비보단 낫습니다. 그놈만 생각하면 울화통이 치밀어서 분이 안 풀립니다.

-하긴 그도 그렇구나.

-암. 그놈보단 백 배 천 배 낫소.

아무리 선조들이라지만 이리도 대놓고 부모 욕을 해 대니 심기가 편할 리가 없었다.

조휘가 내심 뇌까린다.

'후손들에게 물려준 것이라고는 달랑 보석 하나밖에 없으면서 생색은 오지네.'

-오지네? 그건 무슨 뜻이냐?

-생색이라는 단어가 들어가는 걸 보니 아무래도 욕 같습니다.

-허어! 요 깜찍한 놈 보소. 달랑 보석 하나? 이놈아! 의천혈옥이 얼마나 엄청난 기물인지 알기나 하느냐?

'헉!'

등줄기에 좌르르 돋아난 소름.

조휘의 동공이 지진을 만난 듯 흔들린다.

'내 마음까지 읽을 수 있다고……?'

-당연한 소릴! 네 녀석의 영혼은 이미 존자의 영역. 비록 혈옥과 끈이 연결되어 있지는 않지만, 그 영혼은 분명 우리와 의천의 전륜(轉輪)으로 묶여 있음을 최근에 알아냈다. 그러니 심령(心靈)의 연결은 당연한 조화다.

"……."

선조들이 지금까지 자신의 생각을 모두 읽어 왔다고 생각하니 소름이 돋는다.

놀란 가슴을 겨우 진정시킨 조휘가 침착하게 마음을 가라앉혔다.

'……모두 여덟 분 같은데 맞습니까?'

-그놈 참…… 머리 하나는 실로 영특하구나. 그사이에 벌써 우리의 음성을 모두 가렸느냐?

아니, 이게 뭐라고 영특하다는 소리까지 듣는지 모르겠다.

저렇게 특색이 다른 목소리들인데 몇 번 듣다 보면 보통 바로 감이 오지 않나?

-네 녀석은 그 뛰어난 머리를 그다지 자각하고 있지 못하는구나.

머리가 좋았나?

글쎄…….

말빨이 좋다거나 기억력이 좋다는 소리는 몇 번 들었어도 머리가 좋다는 소리는 처음 듣는다.

머리가 좋았다면 공무원 시험 따윈 한 방에 붙었겠지.

아니 그 이전에 서울대부터 갔을 거다.

-영혼의 격이 올라갔다는 말이 우습게 들리는가 봅니다.

-허허…… 허나 저놈의 모든 지략을 영격(靈格)만으로 설명할 수는 없네. 아마도 환생자만의 특성이겠지.

-맞습니다. 저놈이 철방에 적용시켜 놓은 분업(分業)만 해도 그렇습니다. 분명 우리 세상의 것이 아닙니다.

-그렇지.

-저도 그 점은 놀랍습니다.

다른 이들의 말을 묵묵히 듣고 있던 가장 강력한 영혼의 울림을 지닌 선조가 드디어 침묵을 깼다.

-흥! 이 맹덕의 뒤를 이을 패왕(覇王)의 재목은 아니다.

맹덕?

지금 설마 삼국지의 그 유명한 조조를 말하는 건가?

우리 조가의 시조?

내심 짐작은 하고 있었으나 정말 조조라니!

-내가 시조라니 당치도 않다. 조가(曹家)는 훨씬 오래 전에 태동한 터. 단지 환관의 양자셨던 아버지께서 새롭게 나를 세웠을 뿐이다.

사실 조씨 일가들은 가장 위대한 업적을 남긴 조조를 시조로 모시고 있었으나, 실상은 훨씬 이전인 한제국의 창업공신 조참(曹參)이 조가의 시조다.

'패왕이라……'

조휘는 언감생심 왕까지는 바라지도 않았다.

하지만 이 중원세계의 가장 강력한 힘이라 할 수 있는 관부와 강호인들로부터 가족을 지킬 수 있을 정도의 힘은 가지고 싶었다.

현대인 시절처럼 찌질하게 살고 싶지는 않았으니까.

-그래도 지금까지의 후손들보다는 좀 낫지 않습니까?

-흥! 사람을 고작 은자로 부리는 놈이다. 그런 놈이 무슨 왕의 재목이란 말이냐?

아니 그럼 직원을 돈 주고 부리지 무슨 방법으로 부리냐 도대체?

노예로 부릴까? 아니면 뭐 최면술로 세뇌라도 시켜서?

-갈! 조사께 그 무슨 말버릇이냐!

아니, 틀린 말 한 것도 아닌데…….

-시끄럽다!

-어허! 고얀!

꼬장꼬장한 선조들의 고함 소리.

별 도움도 안 되면서 허구한 날 훈계질만 늘어놓으니 괜스레 짜증이 난다.

그때 형의 목소리가 들려왔다.

"크! 진짜! 검신(劍神) 이 양반은 대체……!"

검신의 위대한 일생은 조휘도 잘 알고 있었다.

강호 역사상 자신의 별호에 신(神)의 휘호를 새긴 무인은 단 세 명밖에 없다.

혈혈단신 독보천하.

그 한마디로 모든 것이 설명되는 위대한 검의 전설.

중원을 살아가는 자라면 모두가 알고 있는 전설적인 인물이다.

"……왜?"

"아니 미친…… 도대체 이게 말이 되냐고! 단신으로 암흑마교의 팔대주교들을 모조리 쓸어버리고, 교주의 모가지를 여섯 합 만에 잘랐단다."

"암혹마교?"

"지금 천마성이 그들의 후예이지."

"아……."

정파에 구파일방과 오대세가가 있다면 사파에는 삼패천
(三覇天)이 있었다.

천마성(天魔城), 흑천련(黑天聯), 사천회(邪天會).

이 중에서도 가장 강력한 세력을 자랑하는 곳이 바로 천마
성이었다.

그런 엄청난 조직의 시조 격인 문파라면 장난이 아닐 터.

그런데 단신으로 작살냈다고?

그게 가능한가?

강호의 세계를 잘 모르는 조휘조차 고개가 갸웃거릴 정도
였다.

"……이렇게 엄청난 업적을 이룬 무인인데도 기록이 너무
없어. 이름도 몰라. 그냥 검신이라는 별호밖에 남아 있지 않
아. 가족이 있어 후사를 남겼는지, 말년은 어땠는지 모든 게
불분명해. 죄다 뜬구름 잡는 전설밖에 없어."

조혁이 책의 낱장을 손가락으로 집어 펄럭였다.

"이거 봐. 무신(武神) 사마천세(司馬天世)는 자그마치 두
권이나 다루고 있으면서, 검신에 대한 기록은 단 세 장뿐이
야. 이게 말이 돼?"

그때, 또다시 예의 목소리가 들려왔다.

-아이야. 너는 의문을 가진 적이 없느냐?

'……어떤?'

-패왕이라 불렸던 이 맹덕의 후손들이 왜 촌무지렁이로 살아가는지 말이다.

글쎄…….

알부자도 삼대 이상을 못 간다는데 뭐 왕족이라고 다를 게 있겠나?

-이 맹덕이 평생 일군 과업을 무시하지 마라. 내가 남긴 재산만 해도 금 십만 관이다. 한데 이 맹덕 이후 조씨 일가의 역사가 세상에 얼마나 남아 있느냐?

'시, 십만 관?'

실로 엄청난 양의 금!

십만 관이라면 현대의 무게 개념으로 375톤이다.

현대 미국의 금 보유량이 8,000톤이 넘으니 뭐 납득이 되지 않는 숫자는 아니다.

당시 삼국시대의 위나라는 세계 최강국들 중 하나였으니까.

-나와 거래를 하나 하겠느냐?

'거래라니요? 갑자기 무슨?'

-그들은 아직도 강성할 것이다. 허나 우리의 도움을 받을 수 있다면 한번 자웅을 겨뤄 볼 만할 터.

'그들이라니 어떤 자들을 말하는 겁니까?'

-이 맹덕이 원하는 것은 사마(司馬)씨족의 패망.

가끔씩 사마라는 글귀가 뇌리에 떠오를 때면 강렬한 적대감이 일어나던 것이 바로 이 때문이었나?

자신의 환생이 의천혈옥의 힘을 빌어 일어난 일이라는 것은 이제 거의 확실해진 듯하다.

조휘의 얼굴이 금방 새파래졌다.

과거에는 몰랐지만 이제는 안다.

천하에 사마씨로 유명한 가문은 단 하나, 사마세가.

그들은 오대세가의 일원이다.

남궁세가가 대외적으로 정치력이나 영향력을 발휘하는 데 뛰어난 가문이라면, 사마세가는 철저하게 베일에 가려진 집단이었다.

제법 많은 강호인들이 그런 사마세가를 진정한 천하제일가문이라 칭송하기도 했다.

무신 사마천세 사후 장장 이백여 년이 지났지만, 아직도 그의 영향력이 어마어마하게 남아 있었으니까.

조휘가 몸서리 쳐진다는 듯 도리질했다.

'아니, 말이 되는 소리를 하십시오. 무려 천하제일가문입니다. 무신의 후예들이란 말입니다. 한낱 철방의 방주인 제가 어떻게 그들을……'

-천아(天兒)야.

-예, 조사님.

-이 아이에게 무공을 잇게 할 수 있겠느냐?

-조사께서 명을 내리신다면 쓸 만하게 만들어 보겠습니다.

'에? 누구……?'

-그가 바로 검신(劍神) 조천(曹天). 일인전승 검총(劍塚)의 전승자이니라.

'……'

너무 엄청난 사실에 말문이 막혀 버린다.

뭐 영혼과 대능력을 맞바꾼 사람들이니 대단한 삶을 누리고 갔을 거라 짐작은 하고 있었지만, 그래도 강호 역사상 단 세 명 밖에 없었다는 신(神), 그중 최강이라는 검신이라니……!

그런데 그것이 끝이 아니었다.

-강아(鋼兒)야.

-예, 조사님.

-네 비공일맥(秘公一脈)을 이 아이로 하여금 잇게 할 수 있 겠느냐?

-소인의 후예들이 암흑상인들에 의해 아직 망하지만 않았 다면 가능합지요.

-좋다.

비공일맥? 암흑상인?

무슨 말인지 모르겠지만 일단 뭔가 엄청난 듯 보인다.

-가끔씩 네가 떠올리며 추억하는 그 세계를 나도 엿보았 다. 그곳의 문물과 지식은 실로 놀라웠지. 그건 가히 상상도

할 수 없는 세상이었다.

제길, 그것까지 엿봤다고?

이건 뭐 거의 스토커나 다름없지 않은가.

-네가 가진 그 신(新) 지식과 우리가 가진 힘을 합친다면 충분히 겨뤄 볼 만할 터…… 이제 거래할 마음이 생기겠느냐?

뒤의 것은 아직 뭔지 잘 몰라도 일단은 무려 검신이다.

단신으로 암흑마교를 물리친 무공.

깊이 생각해 볼 문제도 아니다.

'거래하겠습니다!'

4章.

서울과 같은 발전된 현대의 도시에서 살아온 조휘에게도 안휘의 성도 합비는 놀라운 도시였다.

현대 도시의 느낌을 굳이 표현해 보자면 처음 본체를 뜯어 본 컴퓨터의 내부 같은 느낌일 것이다.

일률적, 체계적으로 정돈된 부품들과 이를 연결하는 온갖 회로들, 복잡하게 얽히고설킨 전선들과 화려한 LED.

그 모습이 너무 차갑고 건조하여 왠지 함부로 손을 대면 위험할 것 같은 막연한 두려움.

하지만 합비는 다르다.

마치 대자연을 마주하고 있는 듯한 경외감.

147

넓고 거대한 성벽을 마주하고 있음에도 인공적인 느낌이 들지 않는다.

어떤 중장비도 없이 '사람'이 쌓아 올렸다는 것을 알기에 그저 찬탄하는 마음만 생길 뿐이다.

지하철 손잡이에 몸을 맡긴 채, 무표정한 얼굴로 스마트폰만 바라보고 있는 현대인들과는 달리, 이곳 사람들에게는 '표정'도 있다.

짜증 섞인 얼굴로 실랑이를 벌이는 아낙네, 사람 좋은 얼굴로 연신 호객하는 장사치, 울상을 지으며 빈 밥그릇을 들고 있는 거지와 그런 거지들을 놀리며 따라다니는 아이들, 익살스런 표정으로 묘기를 부리는 곡예유랑단, 이를 보며 박장대소를 터뜨리는 노인들.

그건 마치…… 살아 있는 거대한 생물을 바라보는 것 같은 느낌이다.

대한민국에 있을 때는 좀처럼 겪어 보지 못한 감정.

그렇게 묘한 울림이 오늘도 촉촉하게 조휘의 가슴을 적시고 있었다.

"……우와!"

호기심 가득한 얼굴로 연신 주위를 두리번거리고 있는 조혁.

합비를 처음 겪는 그로서는 별천지의 세계다.

그러다 무언가 발견한 조혁이 후다닥 뛰어가더니 사람들 사이로 어울렸다.

"어르신! 이게 그 경극이란 겁니까?"

"허허! 다 큰 촌놈이로구나! 경극을 처음 보느냐?"

"예 어르신! 봉태현에서 왔습니다! 하하!"

"꽤나 먼 길을 왔구먼. 끌끌."

매번 느끼는 거지만 이곳 사람들은 서로 말을 걸며 어울리는 것에 주저함이 없다.

옆 사람에게 라이터를 빌리는 것도 한참을 망설이던 현대를 살아온 조휘로서는 그 모습이 신기할밖에.

뭐, 지금은 자신도 중원인이다.

곧 조휘도 한껏 기분 좋은 얼굴이 됐다.

"어르신! 저도 봉태현에서 왔습니다! 하하!"

"오잉? 봉태현 촌놈이 둘씩이나?"

그때, 경극의 시작을 알리는 뿔피리 소리가 장내에 울려 퍼졌다.

뿌우우우우-

이어 사람들의 소란스러운 말소리가 잦아들었고, 곧 경극단원들이 하나둘 무대 위로 입장했다.

"으아악! 남옥혈마다!"

한 아이의 외침에 조휘도 깜짝 놀랐다.

시뻘건 혈의(血衣)를 입고 등장한 한 경극단원.

갓 잡은 닭의 피 따위를 온몸에 칠한 듯 보였고, 그의 그런 모습이 얼마나 리얼한지 소름이 다 돋았다.

그가 쓰고 있는 가면 역시 악귀의 형상.

"창천검협님이다!"

기다란 장검을 허리에 차고 비단 영웅건을 질끈 동여맨 그 모습은 늠름하고 헌앙하기 그지없었다.

남옥혈마가 나타난 것을 보니 아마도 현 남궁세가의 가주 창천검협 남궁수의 일대기를 경연하려는 모양이다.

"오오! 창천검협!"

조혁도 신이 났다.

그에게도 창천검협은 우상과도 같은 존재.

안휘를 살아가는 사람이라면 아마 모두가 그럴 것이다.

그런데 그때.

"합비에 올 때마다 저 얼토당토않은 경극은 여전하군."

"그러게 말입니다. 이미 만박자 어른께서 남옥혈마를 처치한 것은 천뢰도객(天雷刀客)이라고 강호풍운록을 통해 공언하지 않았습니까?"

"이 사람아. 저 무지렁이들이 강호풍운록과 같은 진귀한 서책을 읽을 수나 있겠는가?"

"하긴, 그도 그렇군요."

경극을 관람하던 사람들의 시선이 일제히 그들에게로 쏠렸다.

모두 하나같이 이글거리는 눈빛과 화난 얼굴로 낯선 이들을 쏘아보고 있었지만, 곧 누군가의 외침에 의해 금방 표정을 달리할 수밖에 없었다.

"제, 제갈!"

그들의 의복 어깨 부근에 새겨진 봉황 무늬의 수실.

강호에 저런 의복을 걸칠 수 있는 사람들은 제갈세가의 직계밖에 없다.

웅성웅성.

사람들의 반응은 다양했다.

눈빛으로 노골적인 적의를 드러내는 사람도 있었고, 의기소침해진 얼굴로 자리를 피하는 자도 있었다.

침을 퉤 뱉는 사람, 눈에 불같은 쌍심지를 켠 채 고함을 지르는…… 응?

"거 무슨 개소리요!"

조휘의 눈이 더 이상 크게 뜰 수 없을 만큼 치켜 뜨여졌다.

"혀, 형!"

결의에 찬 얼굴로 당당하게 앞으로 나선 이는 다름 아닌 조혁!

그 덕분에 조혁의 곁에 서 있던 노인이 어색한 몸짓으로 굳어 버렸다.

손가락으로 제갈세가 일행을 가리키며 삿대질하는 모양새가 왠지 그 역시 고함이라도 지르려고 했던 모양.

그는 경극의 맨 뒷자리에서 조씨 형제와 인사를 주고받았던 그 노인장이었다.

제갈세가의 인물들 중 하나가 눈살을 찌푸리며 조혁을 쳐 다봤다.

"네놈은 뭐냐?"

조혁이 당당하게 품에서 서책을 꺼냈다.

"강호풍운록의 애독자요!"

못마땅한 얼굴을 풀지 않으며 조혁이 다시 말을 이어 갔다.

"물론 당시 남옥혈마의 수급을 직접 가져온 사람은 천뢰도 객님이 맞소! 그 사실에 이견이 있는 사람이 누가 있겠소? 하지 만 실종되셨던 창천검협님께서 반년 만에 세가로 돌아오셨을 때 그분의 온몸에 새겨진 시뻘건 손바닥 자국은 뭐란 말이오? 혈천대겁수(血天大劫手)가 틀림없잖소? 남옥혈마의 최고절기 인 혈천대겁수에 적중당하고도 그를 패퇴시킨 후 살아 돌아오 셨소! 이 안휘의 사람이라면 누구나 알고 있는 사실이오!"

"……."

"나 역시 만박자 제갈유운 선생의 높은 식견을 존경하는 바요! 하지만 완벽한 사람은 없소!"

조휘가 새삼 놀란 얼굴을 했다.

크!

과연 진성 무협충답다.

아니, 그런데 잠깐만. 제갈세가라고 이 양반아.

무려 오대세가라고!

제갈세가를 대표하던 자의 얼굴에 비웃음이 어렸다.

"네놈이 봤냐?"

조혁이 참지 못하고 눈을 부라린다.

"그, 그럼 창천검협님과 남궁세가의 협객님들이 거짓말을 했단 말이오?"

그럼에도 상대의 묘한 비웃음은 없어지지 않는다.

"흥! 그렇지 않아도 안휘에서 그런 소문이 돌자, 우리 만박자 어른께서 그 사실을 확인하기 위해 창천검협님을 손수 본가로 초청하셨다. 그 초청에 응하지 않은 것은 엄연히 남궁세가다."

"……그, 그런!"

그 사실은 조혁도 몰랐던 모양.

"당연히 만박자 어른으로서는 정말 창천검협님이 온갖 고초 끝에 남옥혈마를 패퇴시킨 것인지…… 아니면 그저 혈천대겹수에 맞아 기절해 있다가 뒤늦게 정신 차리고 세가로 복귀한 것인지…… 뭐 알 수 없는 노릇 아니냐?"

"뭐, 뭐라고!"

씨익! 씨익!

제 일인 것처럼 불같이 화를 내며 거친 숨을 몰아쉬는 조혁.

곧이어 그가 거칠게 항의했다.

"그럼 만박자께서는 천뢰도객님이 남옥혈마의 수급을 베는 모습을 직접 봤소? 뒈져 있는 남옥혈마의 수급을 썰어서 가지고 왔을 수도 있는데?"

조혁의 그 말이 끝나자마자 곁에 있던 노인이 갑자기 배를
잡고 웃는다.

"낄낄! 수급을 썰어 왔데! 낄낄낄!"

제갈세가 일행의 우두머리로 보이는 자의 표정이 싸늘해
졌다.

"네 녀석. 아무리 양민이라고 하나 사내의 말에는 책임이
따르는 법이다."

오싹!

피부가 따끔거릴 정도로 살기가 몰아친다.

조휘가 황급히 형의 앞으로 나서며 손사래를 쳤다.

"대, 대협님들! 이 새끼가 실성한 모양입니다! 아니 그냥
미친 새끼입니다! 자, 빨리 가자! 왜 또 집을 나왔느냐! 가서
누렁이랑 놀자! 왈왈 놀이 해야지!"

"이게 미쳤…… 읍!"

형의 입을 틀어막고 재빨리 장내에서 벗어나는 조휘.

"응. 니가 미쳤죠. 왈왈 놀이 하러 가자."

"하……."

객잔의 한구석에서 쥐 죽은 듯이 반성하고 있는 조혁.

"사고 안 친다며?"

눈이 돌아가도 때와 장소를 가려야 할 거 아니냐 진짜.

하…… 늙는다 늙어.

"시전 한복판이라 보는 눈이 많았으니 망정이지, 에휴 진짜…… 노잣돈 줄까? 집으로 돌아갈래?"

"아, 아니."

"싯팔! 아니긴 뭐가 아니야! 입도 뻥긋 안 한다고 사내답게 약속했잖아! 그런데 뭐? 합비에 도착하자마자 무려 제갈세가에게 시비를 걸어? 막 그 목검으로 검강(劍罡) 정도야 우습게 줄기줄기 뽑는 모양이지?"

이어 조휘가 입술을 오므리며 짐짓 조혁을 흉내 낸다.

"네 녀석이 뛰어나다구 해줘 내 삶이 진지하쥐 않은 것은 아뉘다?"

못내 부끄러운지 조혁의 목이 자라목처럼 움츠러든다.

"아주 그냥 두 번 진지했다가는 무림맹주도 싸대기 날리시겠네? 어휴…… 내가 미친놈이지. 내가 미친놈이야! 에잇!"

벌컥벌컥!

"크으!"

독한 화주(火酒)를 물처럼 들이켜던 조휘가 계속 자신을 매섭게 쳐다보자, 조혁이 딴청을 피우다 곧 얼굴이 환해졌다.

"비 형님! 여깁니다! 여기요!"

객잔의 주렴을 열고 들어오는 상관비.

지금 조혁에게는 구세주였다.

조씨 형제들의 분위기가 묘한 것을 한눈에 알아본 상관비가 선 채로 조심스레 물었다.

"무슨 일 있었나?"

조휘가 생각하기도 싫다는 듯 관자놀이를 매만지며 한숨을 내쉬었다.

"하…… 아닙니다. 됐습니다. 어서 이리 앉으시지요."

상관비가 어색하게 웃으며 자리에 앉자 조휘는 곧바로 본론을 꺼냈다.

"남궁세가에 관해서 형님께서 알고 있는 건 모두 알려 주십시오. 최대한 부탁드립니다."

대뜸 남궁세가의 정보부터 캐묻는 조휘가 못마땅할 법한데도 상관비는 그다지 개의치 않는 모습이었다.

일단 조휘가 한 가지 일에 집중하기 시작하면 누구도 못 말린다는 것을 잘 알고 있었기 때문이다.

"흠. 남궁세가는……."

상관비의 긴 설명이 시작됐다.

남궁세가의 시초부터 과거의 주요 사건들, 다른 오대세가와의 관계, 강호에서의 위치, 가전무공의 특성 등.

꽤 장황한 설명이었지만 조휘로서는 그다지 쓸모없는 정보였다.

"형님. 강호풍운록이나 정보상에게 얻을 수 있는 정보는 저도 다 압니다. 제가 원하는 것은 현 가주를 포함한 남궁세가 주요 인물들의 성격과 성향, 개인적인 목적이나 취향, 갈등관계, 숨기고 있는 비리…… 이런 것들입니다."

그런 조휘의 요구에 상관비는 멍한 얼굴이 될 수밖에 없었다.

하나같이 지극히 디테일한 정보들.

"이보게 의제. 의제가 원하는 정보들은 웬만한 정보상들은 취급조차 할 수 없는 고급 정보네. 나 역시 마찬가지. 상단의 역량을 동원하여 얻는 정보란 한계가 있다네."

조휘가 그도 그렇다는 듯 묵묵히 고개를 끄덕였다.

이미 일전에 만났던 정보상에게 가 봤지만, 일정 수준 이상의 정보는 그에게서 얻을 수 없었다.

"방법이 없겠습니까?"

"흠…… 있기야 하다만……."

"방법이 있다고요?"

상관비가 어색한 얼굴을 했다.

"개방을 능가한다는 정보력을 지녔다는 야접(夜蝶)이나 월하림(月下林)…… 그런 엄청난 정보조직이라면 의제가 원하는 정보들을 지니고 있겠지. 허나 한낱 상단의 삼공자에 불과한 내가 그들을 만날 수 있는 방법을 알고 있을 리가 없고, 설사 만날 수 있다고 해도 그들이 요구하는 의뢰비란 아마 천문학적이겠지."

"야접…… 월하림……."

"강호의 전설적인 정보조직이네. 소문만 무성할 뿐 실제로 존재하는지도 불분명하다네."

조휘는 가슴이 꽉 막혀 답답한 기분이 들었다.

대체로 정보상인들은 별것도 아닌 정보도 비싼 대가를 요구했다. 그 얼토당토않은 가격에 경악한 적이 한두 번이 아니다.

하물며 전설적인 정보조직이란다.

얼마나 비싼 대가를 원할지 안 봐도 뻔하다.

철방에 금자를 쏟아부은 직후라 주머니 사정도 넉넉지 않았다.

무엇보다 그런 은밀한 특수 정보조직을 수배하는 것부터가 불가능하다.

"……그냥 접견을 요청하면 얼마나 걸릴까요?"

상관비의 얼굴에 허탈함이 스친다.

"남궁세가에 접견첩을 띄우는 사람이 하루에 몇 명쯤 될 것 같은가? 무려 수백 명이네. 그리고 알다시피 사람이 하루에 대접할 수 있는 손님이란 한계가 있지. 때문에 그중 칠팔 할은 내원주(內院主) 남궁백님의 얼굴조차 보지 못하고 돌아갈 수밖에 없다네."

듣고 있던 조혁이 호기심을 드러냈다.

"하루에 수백 명이요?"

"그렇네. 접견첩을 올리면 손님의 신분에 따라 배첩을 나눠 주는데, 군부와 관부의 손님들이 가장 우선적으로 금실의 배첩을 받고, 다음으로 강호인들이 은실을 받네. 아, 물론 어중이떠중이들은 제외네. 최소 명가의 후기지수쯤은 되어야 받을 수 있지."

"다음은요?"

"남궁세가와 직접적인 연결점이 있는 자들이 동실의 배첩을 받지. 이른바 병장기나 의복, 식재료 등 지속적으로 세가에 물건을 납품하는 자들, 세가의 방계 등이 이에 속하네."

듣고 있던 조휘도 의문을 표했다.

"그다음도 있습니까?"

"물론. 그다음엔 세가로 입문을 희망하는 무사들이 홍실의 배첩을 받네. 지속적인 전력의 증강을 이루기 위해서는 그들도 놓칠 수는 없으니까."

"……아!"

"가장 마지막으로 새롭게 세가와 거래를 트려는 상인들, 자네들처럼 후견을 구하는 자들 …… 각종 청탁을 하러온 자들에게 청실의 배첩을 주네."

조혁이 우울한 얼굴을 한다.

"금은동홍청(金銀銅紅靑) 중에 가장 마지막이네요."

상관비가 씁쓸하게 웃었다.

"우리라고 다를 게 있었겠나? 본 화룡상단도 청실의 배첩을 받고 기다리는 건 똑같네. 과거, 우리 아버지께서도 내원주의 얼굴을 보는 데 한 달이 넘게 걸렸지."

후덜덜.

진짜 더럽게 비싸게 구는 놈들이다.

안휘에서 다섯 손가락 안에 든다는 상단의 행수조차 한 달이 걸렸다면…… 이건 뭐 답이 없다.

그렇다고 합비까지 와서 돌아갈 수도 없는 법.

조휘가 상관비를 향해 정중히 포권했다.

"형님. 조언 감사드립니다."

상관비가 난색을 표했다.

"형님이랍시고 해 준 것도 없네. 힘이 되어 주지 못해서 미안하네. 이제 어쩔 작정인가?"

조휘가 날카로운 안광을 빛냈다.

"일단 부딪쳐 봐야죠. 내일 남궁세가로 갈 겁니다."

상관비가 마주 포권하며 웃었다.

"의제. 행운을 빌겠네."

객잔의 누각에 누워 생각을 정리하고 있던 조휘에게로 또다시 예의 음성이 들려왔다.

-아이야. 검총은 언제 갈 것이냐?

검신 어르신이었다.

"꼭 검총에 가야만 하는지요? 어르신의 무공을 직접 제게 전해 주실 수는 없는 겁니까?"

-검총을 겪지 못한 자는 내 검학을 이을 수 없다! 몇 번을

말해야 알아듣겠느냐?

처음에 조휘는 열망으로 가득하여 하루라도 빨리 무공을 가르쳐 달라고 그에게 졸랐다.

하지만 검신은 무조건 검총에 가야 한다고만 대답할 뿐이었다.

"어르신. 인간적으로 너무 멀잖아요. 최소 사오 개월은 걸릴 것이 뻔한데…… 아시다시피 안휘에서 제가 벌이고 있는 일이 이렇게 많은데……."

-갈! 네놈은 나의 검학(劍學)을 한없이 가벼이 여기는구나! 검신이라 불렸던 이 조천의 독문검공이 말 따위로 전해질 수 있었다면, 비급을 남겨 후계를 도모했을 것이다!

"음……."

검신이 말한 검총은 감숙성과 섬서성의 경계지점에 있었다.

인간적으로 너무 멀다.

역참을 이용할 수만 있다면 말을 바꿔 탈 수 있겠지만, 관원들이 평범한 양민인 자신에게 말을 내줄 리가 없었다.

이는 반나절마다 말을 쉬게 하면서 이동할 수밖에 없다는 뜻.

대충 셈을 해 봐도 거쳐야 하는 마을만 칠십여 개다.

자는 시간 동안은 이동할 수 없으니 이틀에 한 번 꼴로 마을을 통과할 수 있을 것이고 결국은 최소 오 개월 동안은 말만 타야 한단 소리.

그마저도 아무런 변수가 없어야 가능한 일이다.

재수 없게 산적을 만난다거나 말이 다치기라도 하는 날에는 그 오 개월도 장담할 수가 없다.

아예 도착하기도 전에 졸지에 길에서 목숨을 잃을 수도 있는 것이다.

안휘성이야 본진이라 여행길이 만만한 편이다.

그러나 당장 거쳐야 할 하남성만 해도, 어디 무슨 산이 위험하고 관도는 어디까지 이어져 있으며 지름길은 어디인지…….

정말 아무런 정보도 없었다. 때문에 어디를 통과하든 조심스럽게 정보를 수소문하면서 가야 한다.

결국 그게 다 돈이며 시간이다.

성(省)을 두 개나 거쳐야 하는 여행길은 결코 만만하지 않았다.

"음…….."

하지만 그렇다고 검신의 무공을 전수받을 기회를 놓칠 수는 없는 법.

"최대한 빨리 검총으로 가겠습니다."

-**언제 갈 것이냐?**

조휘가 뒷머리를 긁적였다.

"청실의 배첩으로는…… 잘 모르겠습니다. 한 달? 두 달?"

-**늦다! 명가의 제자들도 오류 세부터 기초를 단련하기 시작한다. 하물며 넌 벌써 약관을 바라보지 않느냐? 지금 이 시간에도 네 근골은 굳고 혈맥은 닫히고 있으니…… 안 되겠다.**

내 영력의 소모를 각오하고서라도 너의 몸을 잠시 빌릴 것이니 준비하거라!

"예? 제 몸을 빌린다니요?"

-내 영력을 증폭시켜 잠시 네 몸을 잠식할 것이다.

"아, 아니 어르신! 자, 잠깐만요! 어흑!"

화아아악!

곧 조휘는 모든 시야가 암전되며 몸의 통제권을 잃어버렸다.

그야말로 눈 깜짝할 사이에 일어난 일이었다.

조휘, 아니 검신은 인상을 와락 구기며 조휘의 몸 이곳저곳을 살폈다.

"흥! 정말 형편없는 몸이로군."

내력이 없는 것은 내가기공을 익히지 않았기 때문에 그렇다 치더라도, 근력을 포함한 몸 전체의 밸런스가 정말 기대 이하였다.

이건 뭐 운동과는 거의 담을 쌓은 몸!

"몸을 통제하는 시간은 채 반각도 되지 않으니 네 본연의 선천진기를 꺼내 쓸 것이다."

'어, 어르신! 선천진기라면!'

"시끄럽다."

투툭!

조휘의 옷이 소매부터 어깨까지 단숨에 찢어진다.

영혼으로 변한 채 이를 지켜보던 조휘가 경악했다.

'뭐, 뭐야! 헐크야?'

엄청나게 부풀어 오른 근육!

그렇게 잠시 부푼 근육이 유지되더니 곧 천천히 원래대로 잦아든다.

이어 고약한 냄새와 함께 진득한 갈색 노폐물이 땀구멍을 타고 배출됐다.

오른팔이 끝나자 그다음은 왼팔이다.

투툭!

또다시 다섯 배는 부풀어 오른 조휘의 팔!

'와……!'

순식간에 근육이 몇 배로 부풀며 확장되는 그 모습은 신비로움 그 자체였다.

하지만 조휘는 검신이 자신의 몸에 무슨 짓을 하는 건지 아직은 꿈에도 모르고 있었다.

잠시 후 검신은 팔을 시작으로 가슴, 배, 등, 다리, 심지어 얼굴까지 그런 행위를 반복했다.

조휘의 의복 전체가 진득한 갈색 노폐물로 젖어 있었다.

"선천진기를 이용하여 네 모든 근골(筋骨)과 세맥(細脈)을 열었느니."

'어르신! 제가 알기론 그 선천진기라는 것을 쓰면 생명력 이…….'

조휘도 주워들은 것이 있어 선천진기는 절대 함부로 쓰면 안 된다는 것을 잘 알고 있었다.

"흥! 그따위 수명 십 년 정도 줄어든 것이 무어가 대수란 말이냐?"

'커흑! 시, 십 년이요?'

아니 저 양반이 지 몸뚱아리 아니라고 막말하네?

"네가 나의 모든 검공을 이어받아 마침내 완성할 수만 있다면 수명 따위는 전혀 신경 쓰지 않아도 된다. 그럼…… 돌려주마."

화아아악!

갑자기 조휘의 시야가 돌아왔다.

그 순간 처절한 비명 소리가 울려 퍼진다.

"으아아아아아아아악!"

온몸을 감싸 안은 채 그대로 주저앉아 버린 조휘!

마치 온몸이 찢겨 나가는 듯한 그 처참한 고통은 도저히 사람이 견딜 수 있는 것이 아니었다.

-참으로 허약한 정신이로구나. 그 정도 고통에 무슨 비명을 그렇게나 지르는 것이냐?

"끄흐으으……!"

생각 같아서는 시원하게 욕이라도 하고 싶었지만 뭐라 대꾸할 힘도 없다.

-영력의 소모가 막대했으니 당분간 나는 네 녀석과 대화를 할 수 없…… 부디…… 늘 몸과 마음을 정진…….

165

점차 잦아드는 검신의 음성.

조휘는 어느새 혼절해 있었다.

◆ ◇ ◆

새벽녘의 찬이슬 때문인지 조휘가 한기를 느끼고 정신을
차렸다.

정신을 잃기 전 그 몸서리쳐지는 고통이 떠오르자 문득 오
한이 치민다.

상상조차 하기 싫은 처절한 격통.

"으……."

그러던 그가 흐릿한 눈으로 자신의 몸을 살펴보더니 곧 깜
짝 놀랐다.

"엇?"

자신의 몸이 엄청난 외공(外功)으로 단련된 사람처럼 탄탄
한 몸으로 변해 버린 것.

조각처럼 빚어진 자신의 몸이 믿어지지 않았다.

이건 분명 검신 어른의 만행(?)이다.

처음에는 생명력을 십 년이나 깎아 버린 사실에 욱하고 화
가 치밀었지만, 막상 변한 몸을 보니 그 마음이 눈 녹듯 사라
진다.

'대박!'

과거 자신은 날씬했던 적이 없었다.

칠 년 동안 고시원에 틀어박혀 앉은뱅이 생활을 했더니, 삼십 대에 이르러서는 배가 제법 튀어나왔었다.

그런데 이 몸을 보라.

보디빌더처럼 비대한 근육을 자랑하는 그런 보기 싫은 몸이 아니다.

적당히 탄탄하고 날렵하다.

권상우 정도는 가볍게 씹어 먹는 그런 몸!

'게다가 눈이……!'

또 다른 변화는 시력.

침침했던 시야가 되돌아오자 세상이 변해 버렸다.

누각의 창밖을 쳐다보니 수십 리로 뻗어 있는 합비의 고루거각들이 한눈에 들어온다.

특정 부분을 집중하면 현미경으로 보는 것처럼 자세히 보였다.

초광각 렌즈가 장착된 거대한 망원경으로 본다 한들 이 정도는 아닐 것이다.

이건…… 도대체가 인간의 시야로 느껴지지 않았다.

여기서 끝이 아니었다.

몸 내부를 휘감아 도는 어떤 도도한 흐름.

그것은 거미줄처럼 뻗어 있는 수많은 통로 사이를 거침없이 질주하고 있는 순환의 고리였다.

틀림없는 기(氣).

더 놀라운 것은 이 기의 흐름이 점점 가속하고 있다는 것.

이 모든 것이 검신 어른이 자신의 몸에 새기고 간 흔적이었다.

'이게 바로 그 내공이라는 건가?'

묘한 느낌.

마치 전혀 다른 이의 삶 같다.

주먹에 의지를 일으키자 내공의 힘이 순식간에 저절로 증폭되며 발출된다.

콰쾅!

사방으로 비산하고 있는 탁자의 파편들!

그저 가볍게 출수했을 뿐인데도 그 파괴력이 장난이 아니다.

"호오……!"

온몸에 전율이 일었다.

무엇이든 가능할 것 같은 강렬한 활력감이 전신에 샘솟고 있었다.

형이 왜 그리도 악착같이 무공을 익히려 하는지 이제는 조금 알 것 같았다.

지금의 경지가 어느 정도인지는 아직 잘 모른다.

그러나 이 정도만 해도 실생활에는 엄청난 도움이 될 터.

'일단 남궁세가로 가자.'

모든 일은 부딪쳐 봐야 답을 구할 수 있는 법.

한 차례 주먹을 불끈 쥐던 조휘가 그렇게 객방을 나섰다.

◆ ◆ ◆

"와……!"

예상은 했지만 규모가 엄청나도 너무 엄청났다. 전각이 몇 채인지 헤아리는 것이 불가능할 정도.

이 정도면 세가(世家)가 아니라 거의 마을이라고 봐도 무방하다.

"방명록에 신분과 이름을 작성하고 접객당에 가 있으면 배첩을 받을 수 있을 것이오."

방명록을 지키던 무사의 말에 조휘가 묵묵히 고개를 끄덕이며 붓을 들었다.

-안휘철방(安徽鐵坊) 조휘(曹輝).

조휘가 붓을 놓자 무사의 얼굴이 씰룩거린다.

명백한 조소.

청실의 배첩을 받을 것이 뻔한 인사다.

오늘처럼 손님이 많은 날에 청실의 배첩을 받는다는 것은 공친다는 말과 같은 뜻.

이렇게 이른 아침부터 그런 헛수고를 마다하지 않다니…… 촌놈들이 분명했다.

애초에 자신의 분수를 아는 자들은 이렇게 손님이 많은 날에는 찾아오지도 않았다.

곧 떨리는 손길로 방명록에 '무사 조혁.'을 쓰려던 조혁이 조휘에게 질질 끌려갔다.

방명록의 무사가 피식 웃었다.

"푸흐…… 바보 같은 놈들."

접객당 안으로 들어선 조휘가 인상을 찌푸렸다.

인산인해(人山人海).

수십 개의 널따란 원형 탁자에 빼곡히 앉아 있는 사람들의 수가 최소 이백은 넘어 보였기 때문.

이렇게 넓고 거대한 전각을 고작 접객당으로 쓰는 남궁세가의 엄청난 배포에 새삼 놀라는 조휘였다.

이어 조휘는 최대한 앞자리에 앉으려고 빈자리를 훑어보았다.

하지만 방문자들 대부분이 같은 마음이었는지, 이미 앞쪽의 원탁에는 빈자리가 없었다.

하는 수 없이 조휘는 뒤쪽의 원탁에 앉았다.

자리에 앉아 형을 쳐다보던 조휘가 풋 하고 웃음을 터뜨렸다.

애써 의식적으로 입을 닫고 있는 그 모습이 조금 웃겼기 때문이다.

"나랑은 이야기해도 돼."

조혁의 얼굴에 화색이 돌았다.

"……그래?"

그 뒤로 조혁은 물 만난 고기처럼 아까 봤던 무사가 어떻다는 둥, 진정한 남궁세가는 내원부터라는 둥 속사포처럼 말을 쏟아 냈다.

조휘는 그런 형의 말을 건성으로 들으며 생각에 잠겼다.

막상 오긴 했으나 어디서부터 어떻게 해야 할 지 막막하기만 했다.

남궁세가의 고수들을 대면하고 싶어도 세가의 하급무사들이나 시비들만 분주하게 돌아다닐 뿐 수뇌부들은 보이지도 않았다.

이대로 상황이 계속 흐른다면 반드시 청실의 배첩을 받을 것이고 그건 허탕을 의미했다.

그렇게 조휘가 무슨 뾰족한 수가 없을까 계속 궁리하고 있던 그때, 놀라운 일이 일어났다.

"설마설마했는데 정말 어제 그 촌놈들이로구나."

흐뭇하게 웃고 있는 노인장.

조혁이 반가운 얼굴로 벌떡 일어났다.

"어? 어르신!"

조휘도 어제 일이 생각난 듯 일어나 예를 갖췄다.

"어제는 사정상 인사도 드리지 못하고 헤어지게 됐습니다."

분명 어제 제갈세가 무리들에게 조혁과 함께 삿대질하던 그 노인네였다.

물론 조혁이 먼저 고함을 지르며 설치는 바람에 조금 묻혀 버린 감은 있지만.

조혁이 실실 웃으며 말했다.

"흐흐! 어르신도 남궁세가에 볼일이 있으십니까?"

노인은 그저 흐뭇하게 웃고 있을 뿐이었다.

그 모습을 지켜보던 조휘가 의아한 눈을 했다.

담백한 백의(白衣)를 걸친 채 소탈하게 웃고 있는 그 모습이 어제와는 완전히 다른 분위기였기 때문이다.

그때 백의 노인의 나직한 음성이 장내에 울려 퍼졌다.

"접객당주 있으신가?"

그 음성을 들은 조휘가 깜짝 놀랐다.

그다지 크게 외치지도 않았는데 백의 노인의 늙수그레한 음성이 접객전을 가득 메웠기 때문이다.

곧, 청의경장의 중년인이 찾아와 백의 노인을 향해 정중하게 예를 갖췄다.

"부원주님을 뵙습니다. 찾아 계십니까?"

한 차례 긴 수염을 쓰다듬던 백의 노인이 명령하듯 말했다.

"이 청년들에게 금실의 배첩을 주고 담로원으로 들여보내

시게."

그 말을 끝으로 느긋한 걸음으로 접객당을 나가려는 백의 노인을 향해 접객당주가 곤혹스런 얼굴로 되물었다.

"원칙에 따라 청실의 배첩을 받을 자들입니다. 게다가 내 원도 아닌 창천담로원(蒼天談老院)에 어찌 외인을 들일 수 있단 말입니까?"

순간, 뒷짐을 진 채 걸어가던 백의 노인이 휙 하니 고개를 돌려 접객당주를 쳐다봤다.

노한 기색이 역력한 얼굴이었다.

"고얀! 세가의 젊은 놈들이 죄다 비무행이다 무림맹이다 바쁜 척하고 돌아다닐 때, 제갈 놈들에게 맞서 유일하게 남궁(南宮)의 이름을 비호하던 젊은이들이다! 술 한 잔 대접하려는 나를 네놈이 감히 막을 수 있겠느냐!"

배분이 아무리 낮아도 공적인 자리에서는 절대 하대를 하지 않는 창궁고검(蒼穹考劍) 남궁유찬 어른이다.

접객당주가 한껏 긴장한 얼굴로 침을 꿀꺽 삼켰다.

"부, 분부 받들겠습니다."

"흥!"

그렇게 백의 노인이 사라지자 조휘가 멍한 얼굴로 조혁을 쳐다본다.

굼벵이도 구르는 재주는 있다더니!

"형!"

조휘가 자신을 와락 끌어안자 조혁이 어색하게 웃었다.

"하, 하하하……."

조씨 형제가 안내를 받아 도착한 곳은 창천담로원의 일곱 개의 정자(亭子) 중에서 가장 너른 정자였다.

화려한 꽃과 기이한 난초들로 둘러싸인 이곳.

희뿌연 운무 속에서 졸졸 흐르는 시냇물과 이따금씩 청아하게 울려 퍼지는 새소리. 가히 신비로운 선계(仙界)와 같은 곳이었다.

이렇게 거대한 후원을 이 정도로 아름답게 가꾸려면 돈이 얼마나 들지 조휘는 상상조차 되지 않았다.

"공자님, 주과를 더 내올까요?"

금실의 배첩을 받는 순간 대우는 완전히 달라졌다.

무려 네 명의 시비들이 배정됐다.

한 번도 접해 보지 못한 음식들로 가득한 진수성찬이 이미 차려졌음에도, 귀찮을 정도로 다른 불편한 점은 없는지 쉴 새 없이 물어 댔다.

"정말 괜찮습니다."

그때, 또다시 예의 목소리가 들려왔다.

-호오…… 저것은 은허시대의 서화가 아닌가?

조휘가 깜짝 놀랐다.

'은허시대의 서화요?'

은허시대라면 거북이의 등껍질이나 조개껍데기에 겨우 글자 따위를 새기던 청동기 문명이다.

그런 시대에 서화(書畵)라니?

조휘는 좀처럼 이해할 수 없었다.

'잘못 보신 것 아닙니까?'

-감히 네 녀석이 이 한림대학사 조유(曹儒)의 안목을 가벼이 보는 것이냐!

'……죄송합니다.'

-흥! 고대라고 기예(技藝)가 없었던 것은 아니다! 저것은 분명 한나라의 대학사 허진자 공께서 발견하여 한 황실에 추증한 도화혼성도(桃花混星圖)임이 틀림없다!

'도화혼성도요?'

-저것은 먹물로 그린 서화가 아니다. 만개한 도화꽃은 수탉의 피로, 저 수많은 별은 백석을 갈아 만든 물로, 나무들은 목탄으로 그렸지. 때문에 허진자 공께서는 돌아가실 때까지 도화혼성도의 변색을 걱정하셨다.

'아……'

조휘는 그토록 고대에 그렸던 서화가 아직도 남아 있다는 것이 쉽게 믿겨지지 않았다.

-한데, 저리도 멀쩡하게 잘 보존되어 있다니…… 참으로 놀랍다. 어떤 기인이사의 솜씨인지 몰라도 정말 상이라고 주고 싶구나.

조휘도 도화혼성도를 바라보며 멍한 얼굴이 됐다.

자세히 보니 보통 그림이 아니었다.

하늘을 수놓은 별들과 지상에 만개한 도화꽃이 너무나 생생하다.

곧 조휘가 홀린 듯이 중얼거렸다.

"도화혼성도…… 정말 궁금하긴 하네. 천년이 넘는 세월이 흘렀는데 수탉의 피와 백석의 물로 그린 그림이 아직 변색되지 않고 남아 있다니……."

쨍그랑!

양손에 들고 있던 술병을 바닥에 떨어뜨린 채 경악한 얼굴로 굳어 있는 백의 노인, 아니 창궁고검 남궁유찬.

"네가…… 도화혼성도를…… 어찌 알아보았느냐?"

믿을 수가 없었다.

명망 높은 학사들이 수도 없이 이곳을 다녀갔지만, 간혹 호기심만 드러낼 뿐 단 한 명도 알아보지 못한 그림이었다.

그 대단한 안휘의 대학사 우문학도, 심지어 당대 제일의 서화가라는 백천유도 알아보지 못한 그림!

한데, 한눈에 그 정체를 파악한 것으로도 모자라 서화에 쓰인 재료들까지 꿰뚫고 있다니!

더욱이 변색까지 걱정하는 것이, 옛 서화를 절절히 아끼는 그 마음마저 감동이다.

"허허…… 노부의 팔십 평생…… 오늘이 가장 놀라운 날이로다. 아이야, 네 사문이 도대체 어디냐?"

강호인으로서 타인의 사문을 물어보는 것이 실례임을 알면서도 궁금증을 참을 수가 없었던 것.

이에 조휘가 금방 난감한 얼굴이 됐다.

사문?

그런 게 있을 리가 없다.

뭘 어떻게 대답해야 하나.

괜히 혼잣말을 해서 이 사단이 났다.

호감을 얻은 것 같아 나쁘지만은 않은 상황인 것 같은데…….

-고민할 것도 없다. 만상조(萬想曹)의 후인이라 하거라.

'만상조? 그게 누굽니까?'

-강호에서 불리던 내 별호니라.

조휘가 결심한 듯 말했다.

"저는 만상조님의 후예입니다."

"……만상조?"

조휘의 대답에 한동안 고개를 갸웃거리며 생각에 잠겨 있던 남궁유찬이 곧 경악의 얼굴을 했다.

"……대, 대서학(大書學)? 그 만상조를 일컫는 것이냐?"

대서학이 누군가!

삼백여 년 전 한림대학사 조유다.

그는 춘추전국시대에 성행하던 묵가(墨家)와 법가(法家)

의 사상들을 철저하게 무너뜨린 대이론가였다.

이 중원에 다시금 유가(儒家)를 굳건히 세운 대학자!

지금도 중원의 전 유교사당에는, 공자와 맹자의 석상 곁에 그를 기리는 비문이 적혀 있었다.

"……과연 그랬군. 그랬어. 그 대서학께서 후학을 남겨 두셨다니…… 그야말로 이 중원의 홍복(洪福)이로다."

그때,

"아우. 무슨 일 있으신가?"

"아이고! 내 담로주야!"

술병이 깨지는 소리에 깜짝 놀라 달려온 노인들.

그들은 남궁유찬과 더불어 남궁삼로(南宮三老)라 불리는 세가의 대원로들이었다.

조휘가 자리에서 일어나 정중하게 포권했다.

"안녕하십니까, 조휘라고 합니다."

남궁삼로 중 둘째인 남궁무찬(南宮武燦)이 조휘를 응시했다.

"호오……?"

깊은 눈으로 인상 깊게 조휘를 살피던 그가 남궁유찬에게 말했다.

"책벌레 아우가 드디어 제자를 구한 겐가?"

남궁유찬이 황망하다는 듯 고개를 가로저었다.

"허허…… 만상조님의 후예를 제가 어찌 감히…… 일 없소이다. 형님."

"만상조? 그게 누군가?"

평생 유학을 공부해 온 자신과는 달리, 형님은 평생 무공만 매진해 왔을 뿐 책하고는 인연이 없는 사람이다.

"그런 게 있소이다. 허허허!"

순간, 남궁무찬의 두 눈이 별처럼 빛났다.

"분명 제자가 아니란 말이지?"

"예. 한데 무슨……?"

갑자기 남궁무찬이 조휘의 목덜미를 움켜잡았다.

"그럼 이놈은 내 것이니라."

이를 가만히 지켜보던 남궁삼로 중 첫째 남궁성찬(南宮星燦)이 노성을 내질렀다.

"어허! 찬물도 위아래가 있는 법이거늘! 감히 내 앞에서 세맥을 모두 연 아이를 낚아채 가는 것이냐?"

"허허! 형님도 눈치를 채셨소이까?"

남궁성찬이 탐욕 가득한 눈으로 조휘를 지그시 바라본다.

"참으로 기이한 일이로고. 검결지만 봐도 야들야들한 것이 도검을 익힌 흔적이 없고, 그렇다고 권각술을 익힌 흔적도 없는데…… 어떻게 육신이 탈각을 이룰 수 있으며, 모든 기혈과 세맥이 열려 있을 수 있단 말이냐?"

얼굴에 가득한 남궁성찬의 의문.

탈각(脫殼)은 '껍질을 벗다.'라는 뜻으로 인간의 신체가 가지는 근본적인 한계를 부순다는 말이다.

탈각을 뜻하는 대표적인 경지가 바로 환골탈태와 반로환동.

하지만 그 경지에 다다르려면 신공이라 불리는 뛰어난 심법을 익혔더라도 수십여 년은 더 고행해야 했다.

더 놀라운 것은 세맥이다.

내가 심법으로 기맥을 단련한 뒤 기혈을 뚫는 것이 심법의 기본.

그런 기혈 중에서도 가장 뚫기 어려운 기혈이 바로 임맥과 독맥이다.

뚫기를 도전하다 죽는 경우가 많아 따로 생사현관이라 불리기도 하는 곳.

이 임독이맥을 뚫으면 곧바로 강호에서 절정의 고수라 불리며 경외의 존재로 거듭나는 것이다.

그런데 세맥은 말 그대로 세밀하고 가느다란 기의 통로.

그 뚫기 어렵다는 임독이맥을 다 뚫고 난 후에야 여는 것을 시도해 볼 수 있을 정도로 어려운 도전이다.

문제는 이 세맥이란 것이 전신에 거미줄처럼 얽혀 있어 아무도 그 정확한 수를 모른다는 것이었다.

심지어는 사람마다 세맥의 수가 다르다고 주장하는 심법의 이론가들도 있었다.

그래서 강호인들은 이런 세맥을 얼버무려서 일천세맥(一千細脈)이라 부르는 것이다.

그러므로 일일이 내력을 흘려 자신의 육체에 새겨진 모든 세맥을 찾는 것부터가 대단히 힘든 일이었다.

모두 찾는다고 해도 그 수많은 세맥을 다 넓히고 단련하여 마침내 연다는 것은 또 다른 차원의 이야기.

그리고 이 세맥을 모두 연 사람에게는 반드시 어떤 특징이 있었다.

내공의 무한 가속(加速).

가부좌를 튼 채 운기하지 않아도, 어떤 상황에서도 쉴 새 없이 내력이 저절로 운행되는 것이었다.

때문에 이 경지에 다다른 무인들은 일 갑자니 이 갑자니 하는 내공의 절대량이 더 이상 아무런 의미가 없게 된다.

이 경지가 바로 초절정.

가속이 시작되어 초절정의 경지에 오른 자들은 쉽게 다른 가속자를 알아볼 수 있는 것이다.

"지금 이 순간에도 저 녀석의 가속은 더욱더 빨라지고 있네. 지금까지 저런 성장 속도의 가속자는 보지를 못했어."

남궁성찬의 말에 남궁무찬도 동의한다는 듯 고개를 끄덕였다.

"저 기세면 최소 삼 년 안에 모든 가속이 끝나 공단이 완성될 것 같소이다."

공단(空丹).

전신이 단전화되어 더 이상 단전이 무의미지해지는 경지

181

를 일컫는 말이었다.

"허허허…… 이 노부도 아직 공단을 완성하지 못했거늘……."

"내공만큼은 천하무쌍을 찍을 놈이로세."

둘의 대화를 듣고 있던 남궁유찬이 두 눈을 동그랗게 떴다.

"공단을 이루면 깨달음만 남지 않습니까? 그렇다면 이 아이가 절대(絶大)의 재목이란 뜻입니까?"

공단을 이룬 자들의 마지막 종착역.

절대지경!

당대에도 오롯이 강호를 독보하는 칠무좌(七武座) 이외에는 아무도 오르지 못한 최고의 경지다.

"허허허! 그럴 수도 있지. 허나 깨달음이란 것이 어디 쉬이 자락이라도 잡혀 주는가?"

"하지만 이 녀석의 나이를 생각하면……."

조휘는 자신을 품평(?)하는 세 노인들의 대화를 유심히 듣고 있었지만, 무슨 말을 하는 건지 도무지 알아들을 수가 없었다.

"저기 어르신, 일단 이것부터 좀 놔주시지요. 숨을 못 쉬겠습니다."

아직도 남궁성찬의 손에 목덜미를 잡힌 채 대롱대롱 매달려 있었던 것.

남궁성찬이 툭 하고 목덜미를 놓더니 탐욕 가득한 얼굴로 조휘를 응시했다.

"성을 갈 생각이 있느냐? 내 친히 너를 직계로 삼을 것인즉, 내원주께 일러 우리 세가의 봉명인(奉名印)을 빌려 올 것이다. 아니 그냥 양자로 삼아 주마."

호오?

그럼 남궁휘?

완전 땡큐다. 남궁의 성을 달면 하지 못할 사업이 없을 터!

-네 이놈! 지금 쾌재를 불렀느냐?

-어허! 이 호로자슥을 보게?

-정녕 죽고 싶은 게로구나! 내 당장 네놈의 몸에 빙의해서······!

-우리 조가에 비하면 저 남궁 따위는 아무것도 아니다!

어김없이 또 들려오는 잔소리.

그때, 곁에 있던 조혁이 갑자기 세 노인을 향해 넙죽 엎드렸다.

"어르신! 이 조혁, 아니 남궁혁이 처음으로 인사 올립니다! 저도 남궁의 성을 주십시오! 평생 세가의 검이 되어 충성하겠습니다! 제발 부탁드립니다!"

-끄으으······!

-저런 천하의 상놈을 봤나!

-조가의 장손이란 새끼가!

-하아······.

그런 조혁을 미심쩍은 눈으로 한 차례 훑어보는 남궁무찬.

"음…… 나쁘진 않구나. 네 녀석도 근골이 강골이긴 하나 글쎄다. 네 녀석 정도 자질의 제자들은 우리 세가에도 널려 있는데 굳이……."

"여, 열심히 하겠습니다!"

벌겋게 달아오른 얼굴로 터질 것만 같은 웃음을 가까스로 참고 있는 조휘.

곧 그가 어렵게 웃음기를 지우며 말했다.

"후…… 선조들이 물려주신 성을 어찌 쉽게 버리겠습니까? 저는 그럴 수 없습니다. 죄송합니다."

남궁성찬이 혀를 찼다.

"쯧쯧! 왜 잘난 놈들은 제 잘난 것을 스스로 다 아는 게냐! 에잉!"

-암! 그렇고말고!

-옳지!

저 정도면 오백 년 내 최고의 기재다.

그런 천하의 기재를 눈앞에서 직계로 삼을 기회를 놓쳤다.

한참 동안 심기 불편한 표정으로 굳어 있던 남궁성찬이 타협안을 내놓았다.

"분명 네놈은 방계도 성을 갈아야 하니 거부할 것이고…… 옳지! 그럼 무기명제자는 어떠냐?"

무기명제자.

구파의 속가제자와 비슷한 개념이다.

가전무공만 아니라면 그 어떤 것도 전할 수 있으므로, 엄연히 사제의 연이라 할 수 있었다.

나중에 분명 조휘가 엄청난 명성을 떨칠 것이 분명하니, 그 명성만이라도 남궁의 이름 아래 두겠다는 뜻이기도 했다.

이에 조휘는 속으로 간절히 허락을 구했다.

'저기 선조님들…… 이 정도는 뭐 괜찮지 않습니까? 저는 반드시 남궁세가의 조력이 필요합니다!'

-흠. 무기명제자라면 뭐…….

-우리 때야 저 남궁이 보잘것없었지만, 지금은 그래도 천하에 이름을 떨치고 있지 않습니까?

-뭐, 마뜩치는 않지만 그 정도면 상관없다.

허락이 떨어지자 조휘는 망설이지 않았다.

무기명 사제지연의 예는 삼배지례.

일 배, 이 배, 삼 배.

절을 모두 마친 조휘가 결의에 찬 목소리로 말했다.

"제자 조휘. 처음으로 사부님께 인사 올립니다."

비록 무기명제자라도 엄연한 사승의 관계.

남궁성찬이 엄숙한 표정으로 굳어진다.

"첫째 남궁의 이름을 더럽히지 말고…… 둘째, 세가가 위험에 처할 시 외면하지 말며…… 셋째 세가의 집문령부에는 반드시 응해야 할 것! 맹세할 수 있겠느냐?"

두 번째 세 번째 항목이 약간 찝찝하긴 했지만 조휘는 그냥 넘어가기로 했다.

중요한 것은 남궁세가의 이름을 이용해 사업을 원활히 하는 것이다.

"맹세하겠습니다."

"……좋다."

조휘를 빼앗긴 것이 못내 못마땅한지 남궁무찬이 입맛을 다시며 입을 열었다.

"자 이제 대답해 보려무나. 사문도 없이 어떻게 그런 내공을 익혔느냐?"

"그게…….”

남궁성찬도 입을 보탰다.

"거짓을 고할 생각은 하지 말거라. 우리가 어찌 널 보자마자 사문이 없음을 확신하고 탐냈겠느냐? 네놈의 육체에는 무공의 형(形)이 없음이니."

내공력이 외부에서 느껴질 정도의 내가고수라면, 반드시 초식이나 투로가 몸에 배어 형(形)을 느낄 수 있었다.

그런 형이 없다는 것은 일반인이나 다름없다는 뜻.

물론 초극의 고수들은 의념을 일으켜 내력과 형을 감출 수 있다.

그러나 저렇게 '나 내공 세다!'라고 동네방네 뽐내고 다니는 놈이 일부러 형만 감추지는 않았을 터.

남궁성찬으로서는 자못 궁금할 따름이었다.

'검신 선조님? 어떻게 대답할까요?'

검신의 음성은 조휘의 몸에 빙의한 후로 한 번도 들려오지 않았다.

역시나 오늘도 아무리 불러 봐도 답이 없다.

남궁무찬이 말했다.

"혹, 엄청난 영약이나 내단, 영초 같은 것을 복용한 적이 있느냐?"

남궁성찬이 고개를 저었다.

"영약을 복용했다고 해도 그 힘을 갈무리할 수 있는 내공심법이 없으면 무용지물. 내공심법을 익혔다면 사문이 있다는 뜻이다."

"흠…… 그도 그렇소이다."

"또한, 단지 영약의 기운을 갈무리한 힘만으로도 세맥을 모두 뚫고서 내공의 가속을 시작했다? 세상에 그런 엄청난 신공(神功)이 있을 수 있느냐?"

"본가의 가주비전의 창천대연신공이라면……."

"글쎄? 나 역시 익혀 보지는 못했지만 확신할 수는 없겠지. 또 그런 엄청난 신공을 전수해 놓고 초식은 가르쳐 주지 않았다? 이 아이는 도무지 이해 안 되는 것투성이야."

조휘는 어디서부터 어떻게 대답해야 될지 난감하기만 했다.

남궁성찬의 말대로 자신은 그저 자고 일어나 보니 이렇게 몸이 변해 버린 것뿐 아무런 무공을 익히지 못했다.

그럴싸하게 꾸며서 대답해 보려고도 했지만 그럴 수가 없었다.

이 노인들의 눈치가 보통 빠른 것이 아니었다.

섣불리 거짓을 고했다가는 뼈도 추리지 못할 것 같은 본능적인 느낌이 든다.

그렇다고 의천혈옥의 비밀을 말할 수도 없었다. 말한다고 해도 믿어 줄 리도 없을 테지만.

-끄으으…… *제깟 놈들이 그 어리석은 머리로 감히 내 후인을 이해하려 드는 게냐?*

조휘의 얼굴에 화색이 돌았다.

'검신 선조님! 괜찮은 것입니까?'

------*괜찮다. 영력의 소모가 심해 잠시 쉬었을 뿐이다.*

'다행입니다. 그나저나 이 상황을 제가 어떻게 모면할까요?'

-내…… *후인을 남기지 못했으니 사문을 내세울 수는 없는 노릇. 그저 기연이 있어 옛 고인의 진전을 이었다고 하거라.*

잠시 두뇌를 회전하던 조휘가 생각을 정리한 듯 입을 열었다.

"사실, 저는 기연을 만나 옛 고인(古人)이 남겨 주신 비급을 통해 진전을 이었습니다. 다만 고인의 내공심법이 워낙 뛰어난지라 그것만으로도 벅차 아직 초식을 익히진 못했습니다."

남궁성찬이 노한 얼굴을 했다.

"고인의 진전을 이었다? 강호에 떠도는 소설을 네놈이 너무 많이 봤구나! 어디 동굴이냐? 길을 잡거라! 나도 한 수 배워야겠으니! 그 말을 지금 나더러 믿으라는 것이냐?"

"……진짜입니다."

"이놈이!"

남궁성찬이 긴 수염을 파르르 떨며 되물었다.

"허면 비급을 통해 배운 고인의 초식도 네 녀석 머릿속에 있으렸다?"

"무, 물론입니다."

"그럼 펼쳐 보아라!"

조휘가 난감한 얼굴을 했다.

"아직 제가 실력이 미천해서……."

"갈(喝)!"

노성을 지르던 남궁성찬이 벌떡 일어났다.

"비급을 통해 무공을 배웠다? 네놈은 무공이 무슨 장난인 줄 아느냐? 그 모두가 이야기꾼들이 지어낸 상상력의 소산일 뿐이다! 종이쪼가리로 비전을 전할 수 있다면 문파가 왜 존재하겠느냐?"

조휘는 억울했다.

"하지만 소림도 장경각에 비급을 보관하지 않습니까?"

남궁성찬이 혀를 끌끌 찼다.

"쯧쯧! 심오한 내공구결과 초식의 요결이 아무리 자세하게 기록되어 있다 한들, 명사의 의지견정한 가르침 없이 결코 무공은 후인에게 전해질 수 없다. 비급은 실전(失傳)을 대비하기 위한 하나의 방편이지, 그 비급만으로는 절대 상승의 경지를 밟을 수 없음이니!"

-저놈은 뭔 말이 저렇게 많은 것이냐? 긴말할 것 없다. 논검비무를 제안하거라.

'논검비무요?'

-저 정도 되는 놈들을 속이려면 논검 정도는 해 줘야 납득할 것이 아니냐?

조휘가 마주 일어나 조심스럽게 남궁성찬의 손을 잡고는 다시 앉혔다.

"사부님이 정녕 제자를 못 믿으시겠다면 저와 논검비무를 해 보시지요."

"논검?"

논검비무(論劍比武).

논검비무가 성립되려면 비무나 실전을 통해 각자가 지닌 무공을 서로 잘 아는 호적수여야만 가능하다.

생판 모르는 상대와 논검?

상대가 가진 실력 이상의 무공을 제시해도 확인할 방법이 없다. 호승심이 각별한 무인들의 특성상 충분히 일어날 수 있는 일.

"네가 본 세가의 검초를 알고 있느냐?"

지극히 당연한 물음에 조휘는 망설임 없이 대답한다.

"사부님께서도 제 검초를 모르시니 저는 육합권과 삼재검, 보법으로는 칠성보로 상대하겠습니다. 공력은 각기 십 년 공력으로 하시지요."

일그러진 남궁성찬의 미간.

강호의 무인이라면 누구나 알고 있는 기본 무공이다.

"좋다! 나도 네 녀석과 똑같은 무공으로 상대해 주마!"

"알겠습니다."

"선수를 양보할 테니 어디 그 잘난 재주를 마음껏 펼쳐 보아라!"

조휘가 고개를 끄덕이며 호기롭게 시작했다.

"일참지로로 사부님의 상단을 노리겠습니다."

삼재검법의 이 초식 일참지로(一斬支路).

초식명만 그럴싸할 뿐 실상은 그냥 횡 베기다.

"흥! 칠성보의 퇴(退)로 피한 후, 거룡출해로 네 중단을 공격하마!"

거룡출해(巨龍出海).

강력한 정권 지르기이며 육합권의 마지막 초식이다.

"칠성보의 사(斜)자결로 사부님의 공격을 흘린 후, 속(速)자결로 우변으로 파고들어 이천이로로 극문혈과 뇌호혈을 노리겠습니다."

이천이로(二天二路).

삼재검법의 여섯 초식 중 가장 상위 초식. 단 두 번의 찌르기였지만 극문혈과 뇌호혈은 사혈 중의 사혈이다.

"나는……."

좀 묘했다.

삼재검법의 가장 기본적인 연계초식이 바로 이천이로 후 승천일로.

칠성보의 속자결의 속도를 생각해 보면, 퇴자결로 피할 경우 반드시 승천일로를 맞을 수밖에 없다.

그럼 후방으로 피하는 것을 포기해야 하는데, 문제는 조휘가 우변으로 파고들었다는 것이다.

이천이로의 궤적을 생각해 보면, 사자결로 흘리고 싶어도 극문혈이 걸리고, 오자결로 피하고 싶어도 뇌호혈이 걸린다.

결국 남은 것은 속자결로 같이 파고드는 것.

"……속자결로 네놈의 좌변을 맞서 점한 후 부변암절(不變巖折)로 네 기해혈을 노리마."

기해혈은 단전의 또 다른 이름.

피하지 않고서는 못 배길 것이다.

더욱이 부변암절은 육합권의 초식 중에서 가장 강맹한 초식.

이어지는 조휘의 음성.

"십 년 공력을 극성으로 끌어올려 칠성보의 흘(屹)자결로 버틴 후, 비응섬로(飛鷹閃路)로 사부님의 목을 노리겠습니다."

남궁성찬이 웃음을 터뜨렸다.

"핫핫! 드디어 공력을 쓴단 말이지? 좋다! 나 역시 십 년 공력을 극성으로 끌어올려 칠성보의 운(運)자결로……."

잠깐, 이게 아닌데……?

가만 생각해 보니 뭔가 말리는 기분이 드는 남궁성찬.

흘자결의 몸짓을 떠올리니 지금 조휘는 단전을 향하던 자신의 주먹질을 어깨로 막고 버텼다.

이제 공력을 쓰기 시작했으니 일 합(一合)에 최대 세 초식 정도는 연계하여 변초로 쓸 수 있을 터.

피했으면 모르겠는데 일단 버텨 낸 것이 불안하다. 자신이 먼저 내공을 활용해 공격했다면 어깨가 박살나며 논검이 끝났겠지만, 얍삽하게도 먼저 공력을 일으켜 무내공의 공격을 어깨로 받아 버린 것.

이제 일수일퇴의 공방이 아니다.

변초까지 생각해야 한다.

"아니, 운자결의 보법은 취소하겠다. 퇴자결로 후방으로 피한 후 한망충소로(寒芒沖宵)……."

-저놈 보게? 논검이 장난이냐? 실전에도 공방을 물러 주는 경우가 있단 말이냐?

조휘가 내심 동의하며 말했다.

"에이…… 사부님. 논검의 규칙을 잘 알면서 왜 이러십니까? 일단 출수된 무공은 멈출 수 없습니다."

"으음……."

생각이 많아진 얼굴로 수염을 쓰다듬는 남궁성찬.

"음…… 운자결로 좌로 피한 후……."

회전할 운(運).

말 그대로 몸을 크게 회전하여 상대의 공격을 피하는 보법이다.

복잡한 얼굴의 남궁성찬.

"극성의 공력으로 네 상단을 향해 거룡출해를 펼치며, 속자결로 접근해 한망충소를 연계하겠……."

남궁성찬의 말이 채 끝나기도 전에 조휘가 외쳤다.

거룡출해라는 초식명을 듣는 순간 이 승부는 더 이상 의미가 없기 때문이다.

"저 역시 극성의 공력으로 오자결을 펼쳐 사부님의 하단을 점한 후, 승천일로로 사부님을 베겠습니다."

지네 오(蜈).

상대에게 엎드려 접근하는 칠성보의 마지막 보법이다.

조휘가 하단을 점한 이상 운자결의 회전력으로 인해 피할 방법이 없다.

더욱이 거룡출해.

모든 힘을 정권에 싣는 이 자세는 하단 공격에 가장 취약하다.

하늘을 향해 갈지자(之)로 치솟는 승천일로(昇天一路)의 검.

남궁성찬의 다리가 절단되는 순간이었다.

5章.

5 章.

"……."

단 네 합 만에 패배.

남궁성찬은 하도 어이가 없어서 뭐라 말을 잇지도 못하고 있었다.

특별히 무슨 실수를 범한 부분도 없다.

굳이 찾자면 여유를 부렸다는 것.

후기지수도 뭣도 아닌 어린놈이라 상대적으로 내공을 늦게 발휘한 정도가 실수의 전부다.

아니, 생각해 보니 하나 더 있다.

어린 제자가 삼재검을 취하자, 무심결에 자신의 특기인 검을 버리고 권(拳)으로 맞선 점.

이제 하나는 알겠다.

자신의 무기명제자는 결코 초식을 모르는 아이가 아니다.

단 두 합에 자신으로 하여금 연계초식을 고민하게 만들고, 상대가 방심한 빈틈을 파고들어 일말의 거리낌 없이 살초를 펼치는 독심까지 지닌 놈이다.

반격기들도 너무 절묘하다.

고작 삼재검법으로 이만한 효율을 내기란 쉽지 않다.

문제는 뛰어난 제자의 실력과는 별개로 이 패배를 용납하기가 힘들다는 것.

창천검선(蒼天劍仙) 남궁성찬.

당대의 가주를 제외하고는 이 남궁세가에서 적수가 없다는, 원로원 최고의 검수라 평가받는 자신이다.

아무리 논검이라지만 평생토록 검을 연마해 온 자신이, 약관도 되지 않은 제자에게 무려 검초의 운용에서 밀린다?

남궁성찬이 애써 웃음을 머금으며 수염을 쓰다듬었다.

"허허! 제법이구나! 내가 방심했어! 내공을 늦게 발휘한 게 화근이 되었구나!"

남궁성찬의 얼굴이 자애(?)롭게 변했다.

"하, 한 판만 더 해 보면 안 되겠느냐? 네 실력을 좀 더 보고 싶은데……."

조휘가 아무렇지도 않게 고개를 끄덕였다.

"그러시지요. 대신 이제 최선을 다해 주십시오. 실전처럼."

남궁성찬의 얼굴에 화색이 돈다.

"무, 물론이다! 나도 이제 양보 없이 최선을 다할 것이야!"

"알겠습니다. 시작하시지요."

남궁성찬은 처음부터 십 년 공력을 모두 발휘함과 동시에 권을 버리고 특기인 검을 선택했다.

"선수는 그래도 내가 양보해야지."

"좋습니다. 그럼 저는 속자결로 사부님의 좌변을 비스듬히 파고든 후……."

이어진 아홉 합의 공방.

남궁성찬은 스스로 생각해도 최선을 다했다. 맹렬히 두뇌를 회전해 최적의 검초로 대응한 것이다.

마지막 구 합째는 스스로도 그런 변초를 생각해 냈다는 것이 놀라울 정도로 절묘한 한 수를 펼쳤다.

그런데 졌다.

너무나 깔끔하게.

어느새 서늘한 검이 자신의 목에 닿아 있었던 것.

남궁성찬이 어색하게 웃었다.

"허, 허허허허! 시, 실로 절묘하구나! 마지막 선인지로(仙人之路)는 그야말로 절묘한 한 수였다!"

"넵."

이쯤 되면 슬슬 부아가 치민다.

"하, 한 판만 더 해 볼 수 있겠느냐?"

"……좋습니다."

애써 괜찮은 척하면서도 남궁성찬은 내심 이를 바득 갈았다.

"선공을 양보…… 아니, 선수필승(先手必勝)이란 말도 있는데, 이러면 계속 나만 불리하지 않느냐?"

이제 체면이고 뭐고 없다.

이기기 위한 한 마리의 야수만이 남아 있을 뿐.

얄밉게도 조휘가 그도 그렇다는 듯이 고개를 끄덕인다.

"그럼 이번에는 제가 선수를 양보하지요."

"조, 좋다!"

이어진 공방.

심지어 이번에는 다섯 합 만에 승패가 갈렸다.

"……이! 이익!"

너무도 어처구니가 없어 연신 수염을 파르르 떨고 있는 남궁성찬.

"다, 다시! 다시 해 보자!"

"넵."

패배, 패배, 또 패배!

결국 남궁성찬은 내리 십삼 연패를 달성했다.

시발 꿈?

뭐 그런 표정을 짓고 있는 남궁성찬.

그런 그의 모습이 조금은 보기 딱했는지 남궁무찬이 조심스럽게 위로의 말을 건넸다.

"형님께서 삼재검에 익숙하지 않아서 그런 것 같소이다. 이제 그만 포기하시…….."

"다, 닥쳐라! 이놈!"

"형님……."

부들부들!

남궁성찬이 이를 바득 갈았다.

"제, 제법이구나! 아마 지금까지 삼재검만 죽어라 팠겠지? 내게도 삼재검을 연공할 시간을 줘야 공평하지 않겠느냐?"

아니, 강호의 기본 검공인 삼재검을 무슨 거창하게 연공씩이나?

"……그럼 어찌할까요?"

잠시 고민하던 남궁성찬이 힘겹게 대답했다.

"으음…… 아무리 삼재검이 최하급 무공이라지만 그래도 이레, 아니 보름은 연공해 봐야 그 진면목을 알 수 있지 않겠느냐?"

조휘는 잠시 동안의 고민 끝에 결국 고개를 끄덕일 수밖에 없었다.

"후…… 좋습니다. 그럼 보름 후에 다시 논검하시지요."

"조, 좋다! 꼼짝 말고 이 담로원에 있거라!"

그 말을 남기고서는 벼락같이 경공을 시전해 사라져 버리는 남궁성찬.

논검의 상대가 검신(劍神)이었다는 것을 알게 되면 그가 어떤 표정을 지을지 문득 궁금해지는 조휘였다.

어색한 침묵을 깬 것은 조혁이었다.

"너 뭐냐……?"

삼재검은 자신이 가장 열심히 익혔던 검법.

때문에 조휘와 남궁성찬의 논검을 단 한순간도 놓치지 않으며, 죄다 머릿속에 그려 볼 수 있었다.

무공의 천재?

아니, 그렇게 단순하게 표현할 수도 없다. 마치 무슨 거대한 벽을 마주하고 있는 느낌이다.

게다가 내공까지 숨기고 있었다니?

이제는 동생이 무서울 지경이다.

조휘가 그런 자신의 심정을 아는 듯 한숨을 내쉬며 말했다.

"나중에…… 먼 나중에 이야기해 줄게. 형."

"……."

그 모습을 유심히 지켜보고 있던 남궁유찬이 나직이 웃음을 터뜨렸다.

"허허……."

제갈세가의 무인들에게 당당히 맞서 남궁을 비호하던 청년들의 그 모습이 그저 기꺼웠다.

그래서 가볍게 술 한 잔 대접하려고 했던 것이 전부다.

한데, 대서학 만상조의 후예이며 동시에 원로원 최고수를 논검으로 꺾는 약관의 무공 천재라…….

자신이 알고 있는 후기지수들 중 그만한 자질을 보였던 이가 있었던가?

이런 행운의 줍줍은 난생처음!

분명 장차 천하를 씹어 먹을 놈이다.

곧 자신의 손녀들을 두루 살피던 그가 쾌재를 불렀다.

'어디 보자…… 혜화, 연설이는 시집을 갔고…… 옳지! 가영이가 남아 있었구만!'

하지만 자신과 똑같은 생각을 했던 이가 한 명 더 있었다.

"이놈아. 남궁제일화 남궁소소를 너는 들어 보았느냐?"

흠칫.

남궁무찬 형님이 저런 표정도 지을 수 있다는 것을 오늘에야 처음 깨닫는다.

세상 사람 좋은 얼굴!

푸근하게 웃고 있는 그 모습이 마치 부처 같다.

생불이 있다면 저런 모습일까?

"남궁세가의 최고 영애인 그녀를 이 안휘에서 모르는 사람도 있습니까?"

흡족한 얼굴로 조휘의 손을 낚아채는 남궁무찬!

"바로 내 손녀이니라. 가자. 소소를 소개시켜 주겠다."

"아, 아니 형님! 소소는 정혼자가!"

"누가? 누가 감히 소소의 정혼자란 말이냐?"

"화산소룡······."

"누가 그런 거지같은 말코에게 우리 소소를 준단 말이냐?"

후기지수들 중 으뜸이라는 화산소룡이 거지같은 말코로
전락하는 순간이었다.

◆ ◇ ◆

상황이 뭔가 이상하게 돌아갔다.

남궁세가의 원로들에게 호감을 산 것까지는 좋았지만, 서
둘러 사업을 확장하고 검총까지 가야 하는 판국에 보름이나
발이 묶여 버린 것.

그렇다고 호감을 보이는 노인들의 의사를 막 거절할 수도
없는 것이, 아직 내원주를 직접 만나 후견을 다짐받지 못했기
때문이다.

그냥 '내가 바로 남궁세가 원로의 무기명제자다!'라고 외치
고 다니는 것과, 정식으로 창천검패를 발급받는 것은 하늘과
땅 차이다.

창천검패는 확실한 후견의 상징.

그것을 받기 전까지 남궁세가를 나갈 일은 없을 것이었다.

'그나저나 그 소소란 여자는 언제 오는 거냐······.'

남궁무찬 어른에게 억지로 이끌려 소창궁전으로 오긴 했
는데, 금방 데리고 온다던 양반이 세 시간이 지났는데도 아무

런 기별이 없었다.

'신기하게 생겼네.'

악기를 보관하는 창고라도 되는지 이 전각에는 다양한 옛 악기들이 정갈하게 진열되어 있었다.

대학시절 밴드 활동이랄 것까진 없지만 잠시나마 음악을 했던 적이 있었기에 조금 호기심이 생기긴 했다.

'죄다 오음 음계의 악기구만.'

몇 달 전 시전의 놀이패들이 연주하는 음악을 들어 본 적이 있었다.

단조로운 단음의 선율들.

이미 현대의 화려한 음악에 길들여진 자신이었기에 아무런 흥미도 일어나지 않았었다.

이 세계의 음악에는 아직 화성법이 없다. 즉 음에서 입체감이 느껴지지 않는 것이다.

하지만 분명 깊이는 있다.

단음이지만 소리를 끌어당기고 흘려 버리기도 하며 굴리기도 한다.

때문에 음과 음 사이의 무수한 미세한 음정들을 만들어 내어 감정을 끌어내는 것.

하지만 그뿐이다.

단음계의 선율은 한계가 있다.

베이스가 되는 화음과 강렬한 단음의 조합으로 훨씬 복잡한 구조의 소리를 구현해 내는 것이 현대의 음악.

하기야 화성법은 서양에서도 르네상스 시대에야 등장하는 음의 운율이다.

"……될까?"

활대로 줄을 비벼서 소리를 내는 현악기는 패스.

조휘는 기타처럼 줄을 튕겨서 소리를 내는 현악기를 찾아보았다.

"오호……?"

조휘가 발견한 것은 금(琴).

한국의 가야금과 비슷하긴 한데 줄이 열두 줄이 아니라 여덟 줄이다.

어느새 다가가 줄을 튕겨 보는 조휘.

틱-

그래, 처음부터 잘될 리가 없지.

기타처럼 가볍게 칠 수 있는 악기가 아니다.

금은 줄을 뜯어야 소리가 난다.

틱- 틱-

연습에 연습을 거듭하자 곧 그럴싸한 소리가 났다.

띠잉-

"오호!"

마침내 소리를 낼 수 있게 되자 조휘는 과연 자신의 의도대로 화음을 넣을 수 있는지 확인해 보았다.

궁 상 각 치 우(도레미솔라).

나머지 세 줄은 모르겠으니 패스.

일단 오음 음계는 다 찾았다.

현대 음악에서 가장 기본적인 화음, 다장조(도미솔).

왼손으로는 세 개의 현을 모두 짚어야 했고, 오른손도 마찬가지로 세 개의 현을 동시에 켜야 하니 양손의 손가락 모두가 찢어질 것 같았다.

띠익 떵 떵-

궁(도)이 삑사리가 나며 화음이 생기지 않았다.

그렇게 몇 차례 시도 끝에 마침내 성공!

뚜우웅-

'크…… 이거야…….'

역시 듣기 좋은 화음이다.

도대체 이게 뭐라고.

아무것도 아닌데 괜스럽게 옛날 생각이 나서 눈물이 날 것만 같다.

그렇게 오음의 음계로 켤 수 있는 모든 화음을 켜 보며 풋풋한 옛 대학시절의 추억에 잠기는 조휘.

"도대체……."

갑자기 여인의 말소리가 들리자 조휘가 홱 하니 고개를 돌렸다.

남궁무찬과 함께 멍하니 자신을 보고 있는 한 여인.

"그거…… 어떻게 한 거죠?"

"아…… 실례했습니다."

서둘러 옷매무새를 가다듬고 정중히 포권하는 조휘.

그런 그를 한껏 호기심 어린 얼굴로 응시하는 남궁소소.

'어떻게 그런 소리가……?'

다가오는 중양절을 맞아 자신 있게 선보이려던 계음(繼音)과 악예(樂藝)가 모조리 뇌리에서 사라졌다.

그것은 마치 지금까지 쌓아 왔던 자신의 모든 음악이 산산이 해체되는 충격, 그 이상이었다.

분명 음을 겹치게 해서 소리를 냈다.

겹음의 기예를 부릴 때는 보통 서로 다른 악기끼리 음을 합친다.

하지만 서로 다른 음계를 합치진 않는다.

왜? 그렇게 배웠으니까.

다른 모든 사람들도 그렇게 하니까.

하지만 방금 저 청년이 낸 소리는 세 음이 겹쳐 있다.

그것도 팔현금(八絃琴) 하나만으로.

그 세 음들이 서로 어울리자 놀랍도록 아름다운 소리로 변해 버린 것.

다음 소리도, 그다음 소리도…….

너무나 아름답게 들려왔다.

정수리부터 발끝까지 찌릿할 정도로 어떤 음악적 쾌감이

몰아쳤다.

어느새 조휘에게 바짝 다가간 남궁소소가 초롱초롱한 눈
망울을 했다.

"……저에게 그 소리를 가르쳐 주세요!"

조휘가 서글서글하게 웃으며 뒷머리를 긁적였다.

"아, 별로 어려운 것도 아닙니다. 혹시 이 나머지 두 줄을
제가 원하는 음높이로 맞춰 주실 수 있으십니까?"

조휘는 금에 대해 자세히는 몰랐다.

그러나 저 줄을 받치고 있는 나무받침들을 조정하여 음높
이를 조절하는 것쯤은 알고 있었다.

줄이 여덟 개가 있으니 칠음계가 가능하다. 좀 더 많은 화
음을 켤 수 있는 것이다.

"안족(雁足)을 조정하면 내지 못하는 음이 없어요! 어떤 음
으로 맞춰 드려요?"

"각(角)과 치(徵)의 사잇음과 우(羽)와 궁(宮)의 사잇음으
로 맞춰 주면 감사하겠습니다."

"각과 치의 사잇음이라면 고선이나 중려쯤 되려나?"

"한번 튕겨 주시겠습니까?"

남궁소소가 망설임 없이 금을 튕긴다.

띠이잉-

"이 음은 아니군요."

띠이잉-

"맞습니다! 이 음입니다."

남궁소소의 얼굴이 환해졌다.

"중려(仲呂)음이에요."

다음은 우(라)와 궁(도)의 사잇음.

띠이잉-

"오, 이 음입니다."

"이건 응종(應鐘)음이에요."

드디어 완성된 칠음계.

조금은 감동한 얼굴로 조휘가 천천히 팔현금의 현을 쓰다
듬는다.

"서로 어울리는 음을 같이 켜는 것을 화음(和音)이라고 합
니다."

"화음이요?"

반짝반짝 별처럼 빛나는 남궁소소의 눈동자.

"네. 우선 C코드부터……."

뚜우우웅-

"우와……!"

또다시 소름 돋을 정도의 아름다운 선율이 몰아친다.

"그런데 씨코드가 뭐죠?"

"아, 그게……."

이걸 뭐라고 설명해 줘야 하나?

에라 모르겠다.

"다음은 D코드."

뚜우우우웅—

"아! 이거야! 아까 들었던 거예요! 이 소리 너무 아름다워요!"

뚜우우웅—

뚜우우우웅—

"꺅! 꺄악!"

그렇게 계속 기타의 기본 코드들을 찬찬히 뜯어 주는 조휘.

도대체 이게 뭐라고 아이돌을 직접 본 소녀마냥 소리를 꺅꺅 지르는 건지.

'햐! 어떻게…… 뭐 저런 놈이 갑자기 떨어졌을꼬?'

그 모습을 지켜보며 혀를 내두르는 남궁무찬.

이건 뭐 서로 소개를 시키고 할 새도 없었다.

그냥 팔현금 하나로 그토록 도도하다는 남궁제일화를 단숨에 바보로 만들어 버린다.

진짜 보통 놈이 아니다.

쟁쟁한 세가의 공자들은 거들떠도 안 보더니!

내 손녀가 저렇게 헤픈 소녀였을 줄이야!

"공자님! 방금 그거 궁과 각, 응종을 함께 켰나요?"

"예. 그리고 이 코드들을 연결시키면…….''

코드를 연결시켜 하나의 음악을 보여 주려고 했는데, 조휘는 코드를 세 개 정도 연결하다 포기해 버렸다.

이 팔현금의 현이 너무 딱딱하다. 그리고 줄과 줄 사이의

거리도 너무 멀다. 처음 켜는지라 서툴뿐더러 손가락도 너무

아팠다.

"아직 제 실력으로는 부족하군요."

남궁소소가 빼앗듯 팔현금을 낚아채 갔다.

"제가 한번 해 볼게요!"

뚜우우웅-

뚜우웅- 뚜우우우웅-

조휘가 깜짝 놀랐다.

'호오?'

자신이 가르쳐 준 코드들을 제법 그럴싸하게 연결시켜 배

열하고 있었다.

얼핏 들으면 어디선가 들어 본 현대의 유행가 같기도……

응?

잠깐만?

남궁소소가 켜고 있는 코드들을 베이스의 전자음으로 상

상해 보던 조휘가 기겁을 했다.

이거 마룬5의 Girls Like You의 베이스음 같은데?

물론 완전 똑같은 것은 아니다.

그런데 몇몇 코드들을 제외하고는 너무 흡사하다.

'……엄청난 재능충이구만!'

자신도 믿기지 않는다는 듯, 팔현금을 켜다 말고 눈을 커다

랗게 뜨며 조휘를 바라보는 남궁소소.

"세상에…… 이런……."

남궁소소가 눈물을 흘린다.

마치 새로운 세계의 이면을 본 사람처럼, 강렬한 문화적 충격과 고양감을 겪고 있는 것이다.

남궁소소는 남궁제일화로 불리기도 했지만, 기본적으로 그녀는 예인(藝人)이다.

지금 자신이 얼마나 엄청난 음악적 기적을 마주하고 있는지 스스로가 가장 잘 아는 것이다.

"보잘것없는 솜씨입니다. 너무 관심을 표해 주시니 부끄러울 따름입니다."

씁쓸한 얼굴의 조휘.

중원에 온 뒤로는 한 번도 들어 보지 못한 현대적 음율에 취하니, 순간적으로 옛 생각이 나 흥에 취해 버린 것이다.

음악적으로 전혀 문외한인 남궁무찬도, 그 아름다운 소리의 향연 앞에서는 문화적 충격을 받을 수밖에 없었다.

"허허…… 이런 소리를 들었으니 내 앞으로 어찌 다른 예인들의 소리를 들을 수 있겠는가."

남궁소소는 아직도 충격이 가시지 않은 얼굴로 조휘를 끈덕지게 응시하고 있었다.

"그래. 우리 소소가 어떠냐?"

남궁무찬의 질문에 조휘는 난감한 얼굴을 했다.

저자에 돌아다니는 여자들보다 조금은 더 예쁜 것은 인정한다.

하지만 이 몸은 이미 한예슬, 송혜교, 김태희, 전지현, 김사
랑…….

다 봐 버린 몸이다.

온갖 첨단(?) 화장술과 성형이 난무하는 현대의 대한민국
에서 살아온 조휘에게 이 중원의 여자들이란…….

뭐랄까?

북한 여자들을 보는 느낌?

동네에서 제법 예쁘다고 소문난 여자라고 해서 구경을 가
봐도 그냥 뭐…… 쏘쏘했다.

남궁제일화? 글쎄…….

왜 안휘제일화라고 못 불렸는지 알겠다. 한 집안에서 제일
예뻐 봐야 거기서 거기지.

솔직하게 말하면 중상타?

꽃이라 불릴 정도는 아니다.

그렇다고 솔직한 감상을 늘어놓을 수는 없는 노릇.

"……듣던 대로 아름다우십니다."

흐뭇한 표정으로 두 사람을 번갈아 응시하는 남궁무찬.

조휘는 왠지 소름이 돋았다.

"이만 저는 물러가겠습니다."

"담로원으로 가는 게냐?"

조휘가 고개를 끄덕였다.

"예. 사부님께서 꼼짝 말고 기다리라고 하셨으니 어쩔 수 없는 노릇이지요."

남궁무찬이 너털웃음을 터뜨렸다.

"껄껄! 네 녀석이 형님을 잘못 건드린 게지. 그러게 한 판쯤은 져 주지 그랬느냐?"

"……그러게요."

그렇게 조휘의 긴 하루가 끝났다.

◆ ◇ ◆

담로원의 객당으로 돌아오니 어느새 조혁은 곯아떨어져 있었다.

세상 편안한 얼굴로 대자로 뻗어 자는 형을 보니 문득 피식 웃음이 머금어진다.

'검신 어르신.'

지금까지 정신이 없어 물어보지 못했던 것들을 이제는 좀 알아야겠다.

-왜 그러느냐?

'도대체 제 몸에 무슨 짓을 한 겁니까? 왜 남궁삼로 어르신들이 그토록 놀라는 거죠?'

잠시간의 침묵 후 다시 검신의 음성이 이어졌다.

-내 독문의 심법, 검천대신공을 네 몸에 새겨 넣었을 뿐이다.

검천대신공(劒天大神功).

위대했던 검신의 독문 내가심법이다.

검신을 제외한 그 누구도 익히지 못했던 절대의 내가기공.

'그게 그렇게 대단한 겁니까?'

――……무슨 대답을 바라는 것이냐?

'제 몸에서 일어나는 일이니 저도 알아야 할 것 아닙니까?
지금도 엄청난 속도로 회전하고 있어 겁이 날 지경입니다.'

-세맥을 모두 열었으니 내공의 가속은 당연히 일어나는 현
상. 걱정할 것 없다. 삼 년 안에 너는 공단을 완성할 수 있을
것이다.

문득 궁금증이 치미는 조휘.

'남궁세가의 가주들만 익힌다는 창천대연신공보다 더 홀
륭한 내공심법입니까?'

검신은 어처구니가 없었다.

-도대체 나를 뭘로 보는 게냐?

'……'

-내 독문의 검천대신공과 비견될 수 있는 신공이라면 혜능
의 대범천신공과 삼풍의 태극신공, 무신의 무극혼원공……
이 정도가 전부다.

무신의 무극혼원공(無極混元功).

소림 장문비전 대범천신공(大梵天神功).

무당 장문비전 태극신공(太極神功).

모두가 강호 최상위 서열의 심법.

강호풍운록을 읽어 본 조휘 역시 익히 들어 본 내공심법
이다.

한데 궁금증은 해소되지 않았다.

'명성으로만 따지면 화산의 자하신공이나 천마성의 천마
신공도 대단하지 않습니까?'

화산 장문비전 자하신공(紫霞神功).

천마성의 천마신공(天魔神功).

이 둘 역시 앞의 셋과 더불어서 무림오대신공이라 불리며
명성을 나란히 하지 않은가?

*-마도의 잡학 따위는 다시는 거론하지 말거라. 자하신공?
금시초문이다. 내가 겪어 보지 못했느니라.*

'어르신의 시대에는 화산파가 없었습니까?'

*-있었지. 하지만 자하신공이란 심법은 없었다. 후인이 창
안한 새로운 심법이겠지.*

'그렇군요.'

아무튼 무림오대신공과 비슷하거나 그 이상의 내공심법을
자신이 익혔다는 소리.

'감사합니다 어르신.'

*-끌끌…… 어차피 속성으로 새겨 넣은 내공이다. 곧 부작
용에 시달릴 터. 그리 고마워할 것 없다.*

'예? 부, 부작용이요?'

수명이 십 년이나 깎인 마당에 부작용이라니? 조휘가 기함하자 검신이 너털웃음을 터뜨렸다.

-허허! 당연한 것 아니냐? 네 녀석이 거친 단계가 무엇이냐? 네놈에게 무슨 경험이 있느냐?

'단계라니요?'

-신공의 연공이라는 것이 그리 간단한 것이라면 강호인들 모두가 절세의 내공을 지니고 있어야 하겠지. 내가 한 것이라고는 그저 선천진기의 압도적인 힘으로 모든 기혈과 세맥을 일거에 뚫어 버리고 강제로 검천대신공의 길(道)을 새긴 것, 그뿐이다.

모든 세맥을 뚫고서 내력이 무한 가속되는 시점의 경지를 회륜경(回輪境)이라 한다.

문제는 평생토록 심법을 연마한다 한들, 회륜경의 경지에 드는 사람 자체가 극소수란 점이다.

당장 회륜경 직전의 경지인 통기경(通氣境)만 하더라도 생사현관을 뚫어야 했다. 생사고투를 겪어 가며 겨우 임독이맥을 타통한 그 처절함을, 그로 인해 얻을 있는 강철 같은 정신력을 조휘는 얻지 못했다.

통기경에 오른다고 해도 문제다.

전신에 거미줄처럼 얽혀 있는 세맥을 일일이 내력을 흘려 찾고 넓히며 단련하는 그 지루한 싸움, 그 인내를 조휘는 겪지 못했다.

모든 것을 타인의 힘으로 이뤘으니 자신의 신체와 내공을 제대로 활용할 수가 없는 것이다.

-네놈과 똑같은 경지의 무인을 만난다면 백전백패. 그게 바로 가장 큰 부작용이다. 그것을 해결할 수 있는 것이 검총(劍塚). 검총을 겪지 않는 이상 네놈은 그저 어른의 힘을 가진 젖먹이 아이일 뿐이야.

담로원의 원로고수들이 자신의 경지에 연신 감탄만 해 대니 내심 우쭐했던 것이 사실.

이제야 조휘는 상황의 심각성을 인지하기 시작했다.

검신이 지적하는 바를 단번에 깨달은 것이다.

"……합비의 일만 마무리되면 바로 검총으로 가겠습니다."

-빠르면 빠를수록 좋다.

그 말을 끝으로 조휘도 피곤했는지 조혁의 곁에 누워 잠을 청했다.

남궁성찬의 첫째 아들이자 내원의 청룡단주를 맡고 있는 남궁웅(南宮熊).

그의 두 눈이 지독한 병에 걸린 환자처럼 푹 꺼져 있었다.

볼까지 내려온 거무죽죽한 눈 그늘은 측은하기까지 하다.

아버지가 찾아온 것은 사흘 전.

평소에도 온갖 기행을 일삼던 아버지였지만…… 그래도 이건 아니다.

나도 일이 있고 사생활이 있단 말입니다!

"아, 아니 아버님…… 이제 저를 좀 보내 주십시오."

남궁성찬이 버럭 화를 냈다.

"어허! 빨리 다음 초식을 펼쳐 보거라!"

"하……."

이틀 전부터 갑작스럽게 논검의 상대가 되어 달라고 강짜를 부리더니 오늘도 벌써 일곱 시진째다.

말이 일곱 시진이지 그렇게 긴 시간 동안 식사 한 번 하지 않고 논검에만 매달리는 것은 그야말로 고문 중의 고문이었다.

"후…… 칠성보의 회자결로 아버님의 뒤를 잡은 후 거룡출해로 상단을 취하겠습니다."

남궁성찬이 호탕하게 웃는다.

"핫핫핫핫! 이 멍청한 녀석! 하고많은 초수 중에서 회자결에 이은 거룡출해라니! 이러니 네놈의 경지가 그 모양인 것이다!"

"……."

"자! 나는 오자결의 보법으로 네 녀석의 공격을 모두 무위로 돌린 후, 승천이로로 네 하단을 베겠다. 어떠냐?"

……어디선가 많이 본 초식의 운용이다.

"……졌습니다."

"낄낄낄!"

아니 아버지, 당신께선 남궁세가의 검선(劍仙)이라 불리시는 분이십니다.

저한테 이기는 게 자랑이 아니시라고요.

목구멍까지 치미는 말이었지만 차마 뱉을 수 없는 남궁웅.

가전무공도 아닌 삼재검법 따위에 무슨 검학(劍學)이 있다고 저러시는지…….

"그래, 이게 정상이지! 이게 맞지? 당연히 내가 이겨야 하잖냐? 그치?"

자신도 엄연한 남궁가의 검수(劍手).

논검에서 계속 패배만 하는 것이 기분 좋을 리가 없다.

당연히 호승심이 일어 머리를 싸매며 초식을 교환했지만, 논검을 하면 할수록 자존감만 더 바닥을 칠 뿐이었다.

창천검선이라는 거대한 벽.

가주비전의 무공을 익힌 가주를 제외하면 세가의 최고수인 아버지다.

그런 아버지를 어떻게 검초의 운용으로 이길 수 있단 말인가?

도저히 참기가 힘들었는지 남궁웅이 짜증을 버럭 냈다.

"에잇! 못 해 먹겠네! 저 이제 진짜 갑니다! 애들 얼굴 못 본 지도 이틀쨉니다!"

남궁성찬은 그런 아들을 본 척도 하지 않았다.

"흠…… 그놈은 이천이로를 마치 본가의 성라창월처럼 활

223

용했단 말이지. 모름지기 변초란 의외성과 변칙성에 바탕을
두는 법이거늘…….”

곧 그가 조휘와의 논검에서 펼쳐진 검로의 궤적을 그려 보
다 벼락에 관통 당한 듯한 충격에 휩싸인다.

“그래! 사량발천근! 그 녀석이 펼친 묘수는 사량발천근이
구나!”

사량발천근.

상대의 힘에 맞서지 않고 그 힘에 자신의 힘을 더해 되돌려
주는 무공이론이다.

태극권법, 무당면장, 팔괘장법…….

이처럼 이화접목과 사량발천근을 바탕으로 하는 무공들의
대부분은 무당파의 그것이지 않은가?

“허…… 삼재검법으로…….”

삼재검법과 같은 흔한 무공으로 그런 뛰어난 묘용을 부리
다니!

복기하면 할수록 찬탄만 쏟아질 뿐이다.

“도대체 누굽니까? 이렇게 아버지를 삼재검법 바라기로 만
든 놈이?”

“……허어. 최근에 들인 제자 놈이다.”

“예? 제, 제자요?”

제자라니?

일평생 홀로 독보(獨步)하셨던 아버지다. 제자는커녕 친구

한 명도 없으신 분이 갑자기 이 무슨?

"허허…… 십삼 연패. 난 그 녀석을 한 번도 이기지 못했다."

"……예? 뭐라고요?"

이해할 수 없다는 듯한 얼굴로 되묻는 남궁웅.

"칠무좌(七武座) 중 한 분이라도 제자로 받으신 겁니까?"

강호의 일곱 절대자.

그들이 아니고서야 어찌 논검에서 아버지를 이길 수 있단 말인가?

절대의 경지에 도달한 무인 외에 아버지와 승부를 벌여 우위를 점할 자는 이 강호에 그리 많지 않았다.

물론 실전이 아닌 초식의 수 싸움인 논검으로 무공의 고하를 완벽히 평가할 수는 없다.

그러나 고수일수록 초식의 운용과 수 싸움에 능할 것은 자명한 이치.

결코 무시할 수 없는 결과다.

"훗훗…… 칠무좌는 무슨…… 그 정도 되는 무인에게 졌다면 내가 이러겠느냐? 내 제자 놈은 아직 약관도 되지 않았다."

"그, 그게 사실입니까?"

사십 평생 무공에 매진한 자신을 이렇게나 가지고 노는 원로원 최고의 고수를 논검으로 이긴다?

그것도 약관도 되지 않은 어린놈이?

게다가 십삼 연승?

"에이, 거짓말 아닙니까?"

남궁성찬이 허리에 차고 있던 창천검을 툭툭 쳤다.

"검을 걸어 주마."

"허……!"

자고로 남궁세가의 검수라면 결코 창천검을 두고 거짓을 말하지 않는다.

그것은 창천검객의 인생을 송두리째 부정하는 일이니까.

"그 녀석…… 지금 어디에 있습니까?"

"……담로원에 있을 것이다."

남궁웅이 궁금증을 표시했다.

"저도 한번 보고 싶군요."

"낄낄! 공무로 바쁘시다던 청룡단주께서 어인 일로?"

그런 아들의 모습이 재미있다는 듯 연신 낄낄거리는 남궁성찬이었다.

창천검선과 신비청년(?)의 논검 소식은 금세 세가 전체로 퍼져 나갔다.

그럴 수밖에 없는 것이, 연습한답시고 세가의 고수란 고수는 다 만나고 다니면서 논검을 해 댔으니 당연한 결과였다.

남궁성찬은 아들인 청룡단주 남궁웅을 시작으로 창룡단

주, 휘룡단주 등 오대 단주들과 모두 논검을 벌였다.

대주급 무인들 중에서도 무공만큼은 단주급이라 평가받는 창궁검대주 남궁찬도, 별위각주 남궁벽도…… 그 모두가 남궁성찬의 마수에서 벗어나지 못한 것이다.

그들 모두가 천생 무인.

처음에 그들은 원로원 최고수가 먼저 나서서 논검비무를 청하니 들뜬 마음으로 받아들일 수밖에 없었다.

고수와의 논검비무는 필시 뜻깊은 공부가 될 터였다.

혹시 한 자락 깨달음이라도 얻어 경지를 넘어설 수만 있다면 그보다 더한 기회는 없을 것이기에.

하지만 그들의 그런 부푼 마음은 채 일각도 이어지지 않는다.

규칙이 문제였다.

논검에서 활용할 수 있는 것은 삼재검법과 육합권, 그리고 칠성보.

삼류잡배들이나 쓰는 강호의 기본무공들이었다. 그럼에도 그들은 희망을 버리지 않았다.

원로원 최고수의 시험이라 여긴 것이다.

그렇게 한 시진, 두 시진이 지나고 세 시진쯤에 돼서야 일이 뭔가 잘못됨을 깨닫는다.

위대한 창천검선 어르신께서 자신들에게 무슨 거창한 가르침을 내리려는 것이 아니라 무언가 '확인'하려 한다는 것을.

무엇을?

본인의 우월함을.

결국 모든 호기심과 원망이 그 빌어먹을 신비청년이라는 놈에게 향했다.

그 결과가 지금 담로원의 접객당에 펼쳐져 있다.

부리부리한 눈을 부라리며 자신을 죽일 듯이 노려보는 세가의 엄청난 고수들!

문득 오한이 치미는 조휘다.

"저기…… 제가 무슨 잘못이라도……?"

그때, 남궁성찬이 수염을 쓰다듬으며 학처럼 고고하게 접객당으로 들어섰다.

"검선 어르신을 뵙습니다."

"어르신을 뵙습니다."

남궁성찬이 흡족한 얼굴로 세가의 쟁쟁한 고수들의 예를 일일이 받아 주다 곧 자리에 착석했다.

여전히 인자한 미소를 풀지 않은 채로 조휘를 끈덕지게 바라보고 있는 남궁성찬.

마치 '봤느냐? 내가 이 정도로 대접받는 고수니라.'라는 느낌이다.

"그래, 준비는 많이 했느냐?"

조휘가 가늘게 한숨을 쉰다.

"후우…… 준비랄 게 뭐 있겠습니까? 그저 사부님을 기다렸을 뿐이지요."

꿈틀!

한 차례 움찔하던 남궁성찬이 이를 깨문다.

"좋다. 내가 먼저 선공해도 되겠느냐?"

"……그렇게 하시지요."

그 모습을 지켜보던 세가 고수들의 입이 모두 쩍 하니 벌어졌다.

보통 새까만 후배에게는 삼 초를 양보하지 않는가?

한데 저리도 자존심도 버리고 당연하다는 듯 선공을, 그것도 먼저 요구하다니!

"그전에 원하는 것이 있습니다."

남궁성찬의 얼굴에 호기심이 어렸다.

"내기를 하자는 말이냐?"

"굳이 내기라 말씀하시면 내기가 되겠지요."

남궁성찬이 호탕하게 대답했다.

"좋다! 원하는 것이 무엇이냐?"

조휘가 갑자기 품에서 서류를 꺼내 들어 펼쳐 보였다.

"잉? 이건 합비의 지도 아니냐?"

조휘가 펼쳐 든 것은 다름 아닌 합비를 자세하게 확대해 놓은 지도였다.

특이한 것은 거미줄처럼 얽혀 있는 합비의 소로(小路)들 사이로 푸른 점이 수백 개나 찍혀 있다는 점이었다.

또한 목이 좋은 지점에는 붉은 점이 찍혀 있었는데 총 여덟 군데였다.

"저 점들은 무엇이냐?"

"붉은 점은 제가 객잔을 열고 싶은 곳입니다."

"객잔?"

객잔을 열고 싶다?

그럼 이놈이 상인이란 말인가?

일순 남궁성찬의 얼굴에 어이가 없다는 듯한 기색이 스쳤다.

"장사치였느냐……?"

누가 봐도 실망스럽다는 듯한 얼굴.

강호인들과 상인들은 서로 거미줄처럼 이권에 얽혀 있다.

이는 그 어떤 문파도 예외가 될 수는 없었다.

그럼에도 강호인들은 겉으로 내색하지 않을지라도 내심 상인들을 천대하는 성향이 강했다.

이율배반적이었지만 무(武)를 숭앙하는 강호인들의 특성상 어쩌면 당연한 일이었다.

게다가 조휘는 약관도 되지 않은 나이에 공단을 앞둔 내력의 초고수이지 않은가?

그런 놈이라면 사부와 내기에 무공의 전수나 영단을 걸자고 떼를 써야 마땅하다.

남궁성찬이 못내 못마땅한 표정으로 입맛을 다셨다.

"쩝…… 본 노가 진다면 내원주에게 일러 창천검패를 내려

주겠다.”

이어 남궁성찬의 두 눈이 강렬해진다.

“본 노가 이긴다면 네놈은 성을 갈고 본 세가의 직계가 되어야 될 것이다.”

조휘가 빙그레 웃었다.

“물론입니다. 거래 성사입니까?”

“흥! 운자결로 네놈의 후방을 점한 후……!”

사부의 선공이 시작되자 조휘의 얼굴이 진지해졌다.

뇌리에서 울려 퍼지는 검신 어른의 목소리 역시 상기되어 있었다..

-오만방자한 놈. 감히 조가의 성을 바꾸려 들다니. 내 오늘 저 녀석에게 하늘 위에 진정한 하늘이 있음을 깨닫게 해 주겠다!

남궁성찬은 제자와 초수를 교환하면 할수록 지금까지와는 뭔가가 다르다는 것을 점점 깨닫고 있었다.

일전에는 뛰어난 초식의 운용으로 자신의 빈틈을 순식간에 파고들어 승부를 결정지으려 했다면, 오늘 제자의 공수는 매우 정제되어 있었던 것.

마치 수십 년 실전을 경험한 노고수 같다.

아니, 노고수라고 다 삼재검으로 이런 조화를 부릴 수는 없다. 경험이라면 자신도 그 못지않을 터.

어떤 날카로운 변초도 치명적인 살초도 그저 묵묵히 천년

거송처럼 막을 뿐 한 치의 빈틈도 보이지 않았다.

최소한의 간결한 힘으로 공격을 흘리거나 쳐 내기만 할 뿐 반격조차 하지 않는다.

'이건……?'

이제 깨닫는다.

제자가 자신의 역량을 시험하고 있음을.

순간, 세가의 눈치 없는 단주 하나가 신음성을 내뱉었다.

"음…… 지, 지도대련?"

점점 조휘의 공수가 변화한다.

"팔성 공력을 펼쳐 회자결로 사부님의 역후방을 점한 후 일섬파산(一閃波山)으로 명문혈을 노리겠습니다. 운자결로 피하신다면 변초로 개천섬쇄(開天閃碎)로 검결지를, 사자결로 비끼신다면 이천이로(二天二路)로 뇌호혈과 기해혈을 점하겠습니다."

"…….."

그런 조휘의 담담한 음성에 남궁성찬의 장고가 시작되었다.

용에게 역린이라는 치명적인 급소가 있듯이, 무공초식에도 반드시 허점이 있게 마련.

운자결의 움직임을 생각해 봤을 때, 개천섬쇄의 궤적으로 검결지를 노린다는 것이 바로 그런 것이었다.

회전하는 움직임은 직선적인 투로에 가장 취약하다.

일섬개천은 허공으로 도약해 강력하게 내리꽂는 초식.

변초로 반격을 하자니 허공으로 도약해 있어 회전 반경에서 벗어나 있었고, 같이 도약하여 맞상대를 하자니 검결지를 노리고 있다.

검결지를 노리고 있으니 검을 치켜들어 맞서지 못한다.

검을 든 손을 회수하고 도약해 봤자 오히려 목이 잘릴 판국이다.

다음은 사자결.

비낄 사(斜).

역후방의 공격을 비끼며 피하는 대응도 좋은 수다.

문제는 모든 비끼는 보법은 큰 동작을 수반한다는 것이다.

그것이 바로 막는 것과 비끼는 것의 차이.

큰 동작은 반드시 많은 허점을 낳게 되며, 그중 가장 치명적인 두 곳의 허점을 조휘는 완벽하게 공략하고 있었다.

이천이로.

단 두 번의 간결한 찌르기였지만, 그 어떤 방어법도 떠오르지 않을 정도로 치명적인 공격이었다.

"으으으음······."

남궁성찬뿐만 아니라 논검을 지켜보던 모든 남궁세가의 고수들도 한결같이 복잡한 얼굴을 하고 있었다.

그때, 재차 조휘의 음성이 들려온다.

"논검의 규칙을 모르시는 건 아니겠지요?"

반각 이상 시간을 지체하면 패배하는 것이 논검의 규칙.

남궁성찬의 얼굴이 곧 밝아진다.

"속자결! 역방향으로 속자결을 운용해 네 녀석의 공격을 벗어나겠다! 그리고……."

남궁세가의 고수들이 하나같이 '오오! 역시!'라는 얼굴을 했다.

본래 속자결의 보법은 상대를 향해 파고들 때 펼치는 것이 정석이다.

한데 속자결을 역방향으로 펼쳐 회피하는 수단으로 운용했다.

그야말로 기막힌 묘수!

아마도 지금 상황에서 펼칠 수 있는 가장 완벽한 회피기일 것이다.

조휘는 내심 또 한 번 놀랐다.

이미 검신 어른은 자신의 사부가 속자결을 역방향으로 펼친다는 것을 예상하고 있었기 때문이다.

이어 준비한 대답.

"팔성의 공력으로 운용하던 회자결을 절반으로 그친 후, 극성 공력의 운자결을 연계보법으로 펼치겠습니다. 이어 사부님의 후방에서 비응섬로로 마무리하겠습니다."

다음은 없다는 듯한 조휘의 확신에 찬 음성.

막을 수도 피할 수도 없다는 그런 확신이다.

"……."

남궁성찬은 할 말을 잃고 말았다.

일전에는 자신이 먼저 공력을 활용하지 않아서 졌다고 생각했다.

하지만 아니었다.

애초에 실력 차가 너무 확연했던 것이다.

처음부터 십 년 공력을 운용하는 자신의 제자는 완전히 다른 세상의 사람이었다.

남궁성찬이 두 눈을 지그시 감고 논검을 음미하다 곧 입을 열었다.

"이놈아. 내가 졌다. 승부는 이것으로 가려진 것으로 하자. 다만 몇 판 더 해 볼 수는 있겠지?"

조휘가 빙그레 웃었다.

"물론입니다."

"고맙다."

어느새 남궁성찬의 태도가 완벽히 달라져 있었다.

마치 생사대결을 앞둔 사람처럼 진지해진 얼굴이 된 것이다.

그 모습을 지켜보던 세가의 고수들이 멍한 얼굴을 했다.

남궁성찬의 태도가 마치 가르침을 청하는 사람처럼 느껴졌기 때문이다.

내리 이어진 아홉 번의 논검.

검신 어른 역시 그런 남궁성찬의 진지한 태도를 무시할 수 없어 최대한 그의 역량이 개화할 수 있도록 대적해 주었다.

태산(太山).

남궁성찬은 논검을 거듭하면 할수록 거대한 산을 마주하는 기분이 들었다.

자신이 평생 이룩했던 검공이 산산이 해체되는 듯한 충격도 잠시, 곧 황홀한 충만감이 그의 뇌리를 가득 메웠다.

논검을 마치고 조용히 정좌한 채 눈을 감고 있는 남궁성찬.

곧 그의 전신에서 아지랑이처럼 상서로운 푸른색 서기가 피어올랐다.

"……설마?"

"깨달음에 드셨다!"

"호법! 호법을 서라!"

무인의 일생에서 몇 번을 마주하기 힘든 무아경(無我境).

이어 남궁세가의 고수들이 물샐틈없이 등으로 그의 주위를 감쌌다.

그런 그들의 모습을 지켜보며 조휘는 속으로 감탄을 할 수밖에 없었다.

'끈끈하네.'

남궁이라는 이름으로 묶인 무인들.

그런 세가의 끈끈함이 조휘는 제법 부러웠다.

반나절 이상 지속되는 남궁성찬의 무아경.

"허허……."

남궁성찬의 담담한 너털웃음소리가 들리자 세가의 고수들

이 황급히 그를 살폈다.

남궁성찬의 아들 남궁웅이 가장 먼저 아버지의 **변화**를 알아차렸다.

"설마! 대공(大功)을 이루신 겁니까?"

아버지의 두 눈에서 일렁이고 있는 푸른 서기.

저것은 틀림없는 창천안이었다.

창천안(蒼天眼).

남궁세가의 검공을 극성으로 연마한 자들에게 나타나는 공통적인 특징이다.

"창궁무애검(蒼穹無涯劒)…… 후삼초…… 그 초입에 들었구나."

순간 세가의 고수들 모두가 경악의 얼굴로 굳어졌다.

전 육초, 후 삼초 총 구초식의 창궁무애검.

남궁세가를 지탱하는 그 지고의 검법을 모두 깨달은 자는 최근 이백 년 내에 존재하지 않았다.

창궁무애검의 후반부 삼초식은 가주비전의 제왕검형(帝王劒形)과도 비견되는 절대의 검초!

"아버지! 경하드립니다!"

"경하드립니다!"

존경 어린 몸짓으로 정중히 포권하는 세가의 고수들!

곧 그들의 경악 어린 시선들이 조휘를 향했다.

이글이글.

세가의 대원로가 논검을 통해 대공을 이루는 광경을 바로 눈앞에서 빠짐없이 지켜본 그들이다.

그들에게 조휘는 그야말로 영약덩어리, 아니 깨달음 자판기!

남궁성찬이 흐뭇한 얼굴로 조휘를 응시했다.

"내가 사부라 불러야겠구나. 허허허……!"

조휘가 마주 웃으며 입을 열었다.

"창천검패를 잊지 않으셨겠지요?"

남궁성찬이 실소를 머금는다.

지금 자신이 무슨 짓을 한 건지 아직도 모르고 있단 말인가?

일평생을 고련하고도 깨달음 한 자락 잡지 못해 대공을 이루지 못하고 죽는 검수들이 허다하다.

검수에게 있어 깨달음이 주는 가치와 파괴력은 그만큼 지대하다.

할 수만 있다면 창천검패가 아니라 가주령이라도 내주고 싶은 심정이다.

"내원주에게 일러두겠다. 앞으로 네 녀석은 남궁의 이름으로 모든 일을 행사할 수 있을 것이다."

"감사드립니다."

허리를 꾸벅 숙이며 고마움을 표현하는 조휘.

남궁성찬이 그런 그를 기이한 표정으로 쳐다본다.

"도무지 이해를 할 수 없구나. 내 평생 너와 같은 무공의 천재는 보지도 못했다. 정말 장사치로 남을 생각이더냐?"

오대세가의 일원으로 살며 난다 긴다 하는 쟁쟁한 후기지
수들, 그중에서도 천재라 불린 이들을 수도 없이 봐 왔지만
그들은 절대 기성의 벽을 넘지 못했다.

경험의 차이는 그만큼 지극하다.

그런데 조휘는 자신이 평생 검수로 살며 체화한 삶, 그 혹
독한 경험을 뛰어넘는 천재 중의 천재.

그런 자질을 지니고도 고작 상인이라니! 이건 마치 사해
를 날아다닐 용(龍)이 한낱 개울(川)에 사는 것과 다름없지
않은가?

조휘가 피식 웃었다.

"그런 말씀 마십시오. 밥 없이는 무공도 익힐 수 없습니다.
그럼 전 이만 내원으로 가 보겠습니다."

"벌써 떠날 채비를 하려느냐?"

"예. 할 일이 많습니다. 아! 그리고……."

조휘가 구석에서 조용히 찌그러져(?) 있는 조혁을 응시했다.

"혹시 제 형님을 세가의 무사로 받아 주실 수 있습니까? 자
질은 모르겠습니다만 검과 강호에 대한 열정은 대단한 사람
입니다."

"청룡단주."

자신을 아들로 대하는 것이 아니라 직명으로 부르자 남궁
웅이 정중히 검을 치켜세웠다.

자신을 직명으로 부른다는 것은 아버지께서 원로원의 이름으로 나섰다는 뜻이기 때문이다.

"충! 창천담로원주(蒼天談老院主)님의 하명을 기다리겠습니다!"

"저 녀석을 청룡단원으로 받아들여 지도토록 하게."

"충! 명을 받들겠습니다!"

조혁의 두 눈이 찢어질 듯 부릅떠졌다.

그 유명한 청룡단의 단원이라니!

청룡단은 창룡단과 더불어 남궁세가가 자랑하는 무적검단이다.

"이제 됐느냐?"

조용히 웃으며 고개를 끄덕이던 조휘가 형에게로 다가가 그의 두 어깨를 움켜잡았다.

"소원 풀었어?"

"휘, 휘야…… 난…… 난…….."

연신 울먹이는 조혁.

"아마 몇 년은 볼 수 없을지도 몰라. 내가 없어도 잘할 수 있겠지?"

조혁이 정신없이 고개를 끄덕인다.

"무, 물론이다!"

"가끔 철방에 들러 부모님을 살피는 것도 잊지 말고."

"당연하지! 그런데 어디로 가길래?"

"······나중에. 나중에 형."

조혁은 입술을 깨물며 고개를 끄덕였다.

언제부터인가 자신의 동생은 왠지 범인의 영역 밖의 사람처럼 느껴졌다.

그렇게 조휘가 담로원을 나서자 세가의 고수들이 득달같이 달려들었다.

"소협! 나와도 논검을!"

"나도 한 수 가르침을 청하겠소!"

하지만 조휘는 한사코 그들의 청을 사양하며 내원으로 사라졌다.

6章.

안휘철방의 총관 이여송은 조휘와의 첫 만남을 떠올리며
감회에 젖어 있었다.

약관의 나이로 당당하게 자신을 영입하고 싶다며 고액의
월봉을 제안하던 조휘.

그 모습이 당차고 한편으로는 귀엽기도 하여, 사람의 마음
이라는 것이 꼭 은자만으로 움직이는 것은 아니라며 타일러
서 보내려 했었다.

그러나 이어진 조휘의 대답이 걸작이었다.

*-물론 월봉으로 어르신의 전부를 살 수는 없겠지요. 하지
만 풍령상단의 이여송과 조가철방의 이여송…… 그 가치는*

245

분명 달라질 것입니다. 어르신의 그 심장, 제가 다시 뛰게 해 드리죠.

-그게 무슨 소리냐?

-풍령상단의 성장은 어디까지입니까? 쟁쟁한 고관대작을 끼고 이미 안휘에서 굳건히 자리 잡은 오대상단의 벽을 넘을 수 있겠습니까? 제가 보기에는 불가능합니다.

-음…….

-첫째, 풍령상단주 설백님의 용인술에 문제가 있습니다. 성격 자체가 권위적이신지라 능력 있는 사람보다는 말을 잘 듣는 사람만 곁에 두려 합니다. 실제로 풍령상단에서 어르신 빼고는 쓸 만한 사람이 전무합니다.

-둘째, 연 대인이라는 끈이 너무 위태롭습니다. 능력도 없이 뇌물로 오른 자리는 늘 그렇습니다. 그런 자들은 대게 뒤를 봐주던 상관과 운명을 함께합니다. 연 대인을 천거한 자 대인은 현재 역참을 사사로이 운용한 죄로 대판관 하후성님에게 말 그대로 찍혀 있습니다. 만약에 그가 합비금부로 끌려가는 날에는 연 대인도 함께 몰락할 것이고 이는 그를 뒷배로 삼고 있는 풍령상단도 끝이라는 소리지요.

-셋째, 이 문제는 앞선 두 가지의 문제보다 더욱 치명적이고 심각합니다. 바로 풍령상단의 취급 품목입니다. 쌀과 향신료 단 두 가지밖에 없지 않습니까? 만약에 근시일 내로 안휘에 흉작이 몰아친다면 풍령상단이 버틸 수 있겠습니까? 지

금까지야 연 대인이 빼돌린 구휼미를 내다 팔아 운이 좋게 연 명했지만, 글쎄요. 운이 장기적으로 계속 따를까요?

-허……!

그것은 분명 약관의 소년이 지닐 수 있는 통찰력의 범주를 벗어나 있었다.

고작 몇 번 살핀 것으로 일평생을 풍령상단의 산법수로 살아온 자신보다도 더욱 냉철하게 상단의 문제점을 비판하고 있었다.

하지만 그의 다음 말들이 더욱 놀라웠다.

-저는 다릅니다. 저희 조가철방은 이미…….

장장 한 시진이나 이어진 조휘의 계획과 구상, 대비와 전략.

그는 모든 주요 사안에 대해서 이중 삼중으로 안배하고 계획하고 있었다. 그 치밀함에 온몸에 전율이 일 정도.

약관의 소년, 아니 한 인간의 머리에서 나온 계획이라고는 믿을 수 없을 정도로 방대한 구상이었다.

아마도 그날이 자신의 생애에서 가장 인상적인 날일 것이리라.

그때, 집무실의 문이 열렸다.

"총관님. 잘 지내셨습니까?"

호랑이도 제 말 하면 온다더니 조휘가 철방으로 복귀한 것이다.

"……방주님."

자리에서 일어나 공손히 포권하는 총관 이여송.

이 총관에게는 이미 연배의 고하는 의미가 되지 못했다. 자신의 주인을 향해 마음 깊이 탄복한 것이다.

어느덧 희미한 미소를 머금으며 손에 든 검 모양의 패(牌)를 흔들어 보이는 조휘.

패의 중심에는 선명하게 창천(蒼天)이라는 글씨가 양각되어 있었다.

"세상에! 창천검패!"

이 총관은 온몸에 소름이 돋았다.

자신의 주인의 계획에서 창천검패가 가지는 의미는 남달랐다. 그 기점으로 모든 계획이 재정립된다.

"주괴공방을 신설해야겠군요!"

창천검패가 존재함으로 인해 더 이상 주괴를 구입할 필요가 없어진다.

곽구현의 철광을 소유하고 있는 서주자사 방불여는 남궁세가에게 가장 호의적인 인물이었다.

이제 철광원석을 구매할 수 있는 길이 열린 것이다!

강철주괴를 원재료로 삼고도 한 달에 금자 육십 냥을 벌어들인 안휘철방이다.

하물며 철광원석을 재료로 운영한다면?

이 총관은 순이익이 얼마나 증가할지 감도 잡을 수 없었다.

"그뿐만이 아니죠."

의미심장한 얼굴로 웃고 있는 조휘.

뭔가 생각해 낸 듯 이 총관의 표정도 환해졌다.

"아! 매병패! 드디어 병장기를!"

매병패의 발급은 서주자사의 권한이다.

그가 창천검패를 앞에 두고 매병패를 내어 주지 않을 리가 없을 터.

드디어 철방의 오랜 숙원인 병장기의 생산을 시작할 수 있게 된 것이다.

병장기는 엄청난 고부가 가치의 상품.

지금까지의 매출은 어린아이 장난같이 느껴질 것이다.

조휘가 품에서 뭔가를 꺼내며 방긋 웃었다. 그가 꺼내 든 것은 매병패였다.

"이미 방 대인을 만나고 오는 길입니다."

조휘가 이 총관에게 매병패를 건넸다.

"걸어 두시지요."

현판 밑에 걸려 있는 매병패(賣兵牌)는 잘나가는 철방의 상징과도 같은 것.

감회 어린 얼굴로 매병패를 받아 드는 이 총관에게 또다시 조휘의 음성이 날아들었다.

"달포에 걸쳐 네다섯 차례 정도 철광원석을 실은 수레들이 도착할 것입니다. 방 대인께서 친히 수레를 지원해 주시더군요."

이 총관은 순간 놀라웠지만 의문이 떠오를 수밖에 없었다.

"여비가 철광원석을 매입할 정도는 아니었을 텐데요?"

합비로 출발했던 조휘는 은자 삼십 냥 정도의 여비만 챙겨 갔을 뿐이다. 한데 철광원석을 실은 수레가 여러 대라니?

조휘가 빙그레 웃었다.

"방 대인께서 셈은 천천히 하자고 하십니다."

"허……!"

첫 거래에 후불이라!

새삼 남궁이라는 이름이 더욱 대단하게 느껴지는 이 총관이었다.

-안휘제일철방(安徽第一鐵坊)! 이 안휘에 철의 왕국을 세울 겁니다.

한낱 호기로만 여겼던 조휘의 외침.

"……정말 이루셨군요."

뜬구름처럼 허무맹랑했던 그의 계획들이 정말 현실로 이뤄지고 있는 것이었다.

조휘는 오히려 반문했다.

"뭘 이뤘습니까? 이제 시작인데요. 주괴공방의 신설은 아버지께 맡겨 두시면 마음 맞는 철방대부 몇 분들과 알아서 잘하실 겁니다. 병장기의 생산은 음…… 일단 가칭 병산각(兵山閣)이라 해 두죠. 병산각 역시 무기를 생산해 본 경험이 있

는 철방대부들을 주축으로 신설해 주시고 인원 배분은 총관
님이 알아서 해 주세요. 평생을 병장기의 생산을 소원으로 삼
던 분들이십니다. 아마 가장 활기찬 곳이 될 겁니다."

대답 없이 헛웃음만 짓고 있는 이 총관이 또다시 의문을 표
했다.

"……저희 철방의 생산력이라면 달포에 검 수백 자루는 일
도 아닐 텐데 이를 소화할 거래처가 없지 않습니까?"

조휘가 또다시 품에서 뭔가를 꺼내 들었다. 자세히 살펴보
니 서신처럼 보였다.

"대장군부(大將軍部)에 보낼 방 대인의 친필 서신입니다.
저는 일단 병단(兵團) 한 개 정도를 무장시킬 수 있는 병장기
를 무상으로 제공할 예정입니다."

"벼, 병단이요? 무상?"

병단이라면 최소 오백이다.

그 정도의 병력을 무장시킬 도검과 창들을 무상으로 제공
한다니?

그야말로 막대한 출혈이 아닐 수 없었다.

"시제품 정도로는 대장군 하후명의 마음을 움직이지 못할
것입니다. 모든 철방대부님들이 납득 가능한 수준의 병장기들
이 만들어져야 합니다. 그때까지는 절대 납품하지 마십시오."

대장군부와 거래를 튼다라…….

총 삼 만에 달하는 거대 군사집단이다.

일개 병단을 무장시킬 병장기를 무상으로 제공하겠다는 그 배포가 실로 놀랍기 그지없었다.

허나 이미 바늘 하나 꽂을 수 없을 정도로 이해관계가 복마전처럼 얽혀 있을 것이 분명하다.

그런 엄청난 일을 벌이면서도 저렇게 아무렇지도 않게 이야기하다니…….

아무리 창천검패가 있다고는 하나 수많은 난관이 기다리고 있을 터.

창천검패는 안휘철방만 소유하고 있는 것이 아니었다.

한데, 그다음 조휘의 말은 더욱 가관이었다.

"저희 철방에서 생산하는 물건들을 독점하여 공급하는 독립적인 상단이 필요합니다."

이 총관이 의문을 표했다.

"이미 화룡상단의 삼공자 상관비님께서 그 일을 도맡아 해 주시고 계시지 않습니까?"

"독립적인 상단이요."

"예?"

"저희만의 상단 말입니다."

그제야 깨달은 듯 이 총관의 눈이 화등잔만 해졌다.

"상단을 만들겠다는 뜻입니까?"

"물론입니다. 창천검패도 있는 마당에 망설일 이유가 없지요."

"……."

지금 안휘철방의 모든 성세는 상관비의 호의로 가능했다는 것을 이 총관은 모르지 않았다.

지금 조휘의 말은 그런 그와 거래를 끊겠다는 뜻.

"방주님 아무래도 그건……."

조휘가 이총관의 말을 끊었다.

"지금까지 화룡상단이 저희 철방과의 거래를 독점하며 얻은 이문이 얼마나 될 것 같습니까?"

"글쎄요. 저희 철방이 얻는 이문과 비슷하지 않겠……."

"저희의 약 두 배입니다."

"두, 두 배씩이나?"

안휘철방의 두 배면 한 달에 금자 백이십 냥이다.

실로 어마어마한 금액!

"화룡상단은 금자 육십 냥의 투자로 약 팔 개월간 금자 천 냥가량의 이문을 얻었습니다. 투자 대비 과한 이문이지요. 의리는 이만하면 됐습니다. 저도 할 만큼 했어요."

"허나 삼공자님은 이제 방주님과 의형제……."

그 말에 조휘가 피식 웃는다.

"상인들 간의 거래란 등가교환(等價交換)이 원칙입니다. 한쪽에서 일방적인 손해를 보는 거래는 장기간 지속될 수가 없지요. 누구보다 형님께서 그 사실을 더욱 잘 알고 계실 터, 저는 늘 형님께 그 사실을 경고했지요. 허나 매력적인 제안은 없었습니다. 그럼 거래는 끝이죠. 더욱이……."

조휘의 눈빛이 차갑게 가라앉았다.

"지금까지는 주괴 때문에 일방적으로 손해를 보는 거래를 참아 왔을 뿐입니다. 그러나 철광원석을 확보한 이상 그런 손해를 감수할 필요가 없지요."

안정적인 주괴의 공급은 철방의 존립과 직결되는 사안이었다.

조휘의 입장에서는 관부에서 해코지가 들어올 시 처벌을 면하게 해 줄 힘 있는 상단이 필요했고, 마침 화룡상단은 그만한 능력을 충분히 지니고 있었던 것이다.

그런데 이제는 철광원석을 확보했기 때문에 그런 화룡상단의 메리트가 없어져 버린 것.

중간 마진을 화룡상단에 헌납할 이유가 사라진 것이었다.

"이 총관님께서 상단주를 겸직해 주시지요."

"허!"

철광원석을 재료로 철방을 운영하면 엄청나게 원가가 절감된다.

게다가 곧 병장기, 마차 등 고부가 가치의 상품이 쏟아져 나올 터.

그 막대한 돈이 오고 가는 상단의 단주라!

도대체 자신을 얼마나 믿기에 상단주를 맡긴단 말인가?

"이 총관님께서 저희 철방의 생산품을 독점하여 유통하는 상단을 운영하면 한 달에 얼마의 이문을 벌 수 있겠습니까?"

조휘의 질문에 이 총관이 침을 꿀꺽 삼켰다.

지금 주인은 자신을 시험하고 있었다. 허투루 대답할 수가 없는 것이다.

이 총관은 수십 년 동안 상단의 산법수로 활동하며 얻은 경험과 지혜를 총동원하여 머리를 굴리기 시작했다.

약 일각 후 이 총관이 대답했다.

"금자 일천 냥입니다."

자신만만한 대답이었으나 놀랍게도 조휘는 실망하는 기색이었다.

"근거는요?"

"일단 현재 취급하는 품목의 이문을 기존의 다섯 배로 계산했습니다. 철광원석을 재료로 하기 때문이고 거기에 직접 상단을 운영하여 얻는 이문을 더했습니다. 삼백 냥이지요. 그리고 기산각에서 개발하고 있는 품목들이 완료되면 그 예상 매출을 칠백 냥으로 잡았습니다."

"병산각이 빠졌군요."

"방주께서 병장기의 완성도를 높게 주문하셨기 때문입니다. 자부심 높은 철방대부들이 모두 고개를 끄덕일 정도의 병장기라면 적어도 반년 동안은 개발에만 매진해야 할 것 같아 매출에서 제외시켰습니다."

"개발이 완료되어 대장군부와의 거래가 성사된다면?"

255

또다시 진중해지는 이 총관의 얼굴.

곧 그가 놀라운 숫자를 내뱉었다.

"오천 냥. 금자 오천 냥 예상합니다."

조휘가 고개를 끄덕인다.

"제 예상과 비슷하군요. 좋습니다."

저 놀라운 숫자를 듣고도 들뜬 기색 하나 없다.

자그마치 일 년에 금자 육만 냥이다.

그 정도의 돈이라면 웬만한 현을 사고도 남는 금액.

그야말로 안휘에 새로운 거부(巨富)가 탄생하는 순간이
었다.

"이제야 새로운 사업을 시작할 수 있겠네요."

"새, 새로운 사업이요? 무슨……?"

지금까지도 놀랍기 그지없는데 다른 사업이라니?

조휘가 의미심장하게 웃으며 품에서 지도를 꺼내 탁자에
펼친다.

촤아악-

"이건 합비의 지도 아닙니까?"

분명 지도인데 뭔가 이상하다.

주요 길목마다 푸른 점이 수백 개나 찍혀 있고, 그 푸른 점
의 일정 간격마다 붉은 점이 또 찍혀 있다.

"일전에 기산각에 개발을 주문한 소형 마차, 아니 인차(人
車)라고 해야 하나? 기억하십니까?"

"아…… 방주님께서 '자전거'라 불렀던 그것 말입니까?"

중원에도 고무가 있긴 했다.

남만의 고무나무에서 채취한 천연 고무가 바로 그것이었다.

그러다 보니 그 희소성으로 인해 가격이 너무 비쌌다. 그래서 현대의 자전거처럼 고무타이어를 쓸 수는 없었다.

게다가 자전거 체인도 현재의 철제 성형 기술로는 제작이 불가능했다.

때문에 소형화시킨 마차 바퀴에 직접 페달을 달아 앞바퀴 굴림 방식의 자전거만 개발이 가능했다.

이는 현대의 유아용 자전거와 유사한 형태였다.

"네. 기산각에서 자전거의 개발이 완료되면 오백 대를 생산해서 일단 재고로 보관하고 계세요."

물건을 생산하는 공방에서 가장 두려운 것은 재고가 쌓이는 것이다.

때문에 이 총관은 본능적으로 거부감이 들었다.

"오백 대나 말입니까? 얼마나 재고로 보관을 해야 합니까? 판매는 언제 시작됩니까?"

"준비가 될 때까지요. 그리고 자전거는 절대 판매하지 않습니다."

"예?"

그런 복잡한 구조의 자전거를 오백 대나 생산하는 데 드는 시간과 비용은 만만치 않았다.

그런데 단 한 대도 팔지 않겠다니 이 무슨 뚱딴지같은 소린가?

"총관님은 그런 생각을 해 본 적 없으십니까? 객잔의 맛있는 요리들을 누가 배달해 줬으면 얼마나 좋을까."

"배달? 그게 뭡니까?"

"아…… 누군가가 가져다준다는 뜻입니다."

이 총관이 깜짝 놀라며 물었다.

"설마 방주께서 일전에 말씀하셨던 그 객잔 사업이라는 것이……?"

조휘가 슬며시 웃었다.

"바로 보셨습니다. 저는 소로가 있는 곳이라면 합비의 어디든 우리 객잔의 음식을 배달해 주는 객잔배달업을 할 생각입니다. 여기 지도를 보시죠."

조휘가 푸른 점들을 가리켰다.

"이 수백 개의 푸른 점들은 배달 현황판입니다. 이곳에서 매일 아침 정해진 시각에 우리 객잔의 점원이 나가서 손님들의 점심과 저녁 주문을 받죠. 계산은 이곳에서 이뤄집니다. 주문을 받는 대로 점원은 현황판에 배달 장소와 시간을 적습니다."

"……."

"그 후 우리 라이더들…… 아니 배달원들이 나가서 현황판을 확인합니다. 그리고는 객잔으로 돌아와서 주문을 전달해

주죠. 음식이 나오면 각자 맡은 구역으로 배달원들이 배달을
시작합니다."

마침내 깨달은 듯 이 총관의 표정이 밝아졌다.

"그럼 그 자전거라는 것이!"

"신속 배달! 음식이 식기 전에 배달을 완료하기 위한 획기
적인 발명품이죠!"

"오오오오!"

정말 기상천외하다.

객잔의 음식을 집에서 맛본다니, 상상도 해 보지 못한 일이
었다.

어떻게 이런 생각을 다 한단 말인가? 이 총관이 그제야 지
도를 이해한 듯 붉은 점들을 가리켰다.

"그럼 푸른 점들 중간중간에 찍혀 있는 여덟 군데의 이 붉
은 점들이 바로……!"

"예. 우리 객잔들입니다."

절묘한 위치에 자리를 잡고 있는 객잔들!

아마도 수백 수천 번 철저하게 동선을 계산하여 결정지은
최적의 장소일 것이다.

그제야 이 총관은 자전거를 판매하지 않겠다는 조휘의 의
중을 깨달을 수 있었다.

배달객잔이 인기를 얻게 되면 유사한 방식으로 영업하려
는 자들이 반드시 나오게 마련.

자전거를 판매한다면 그런 경쟁자들에게 날개를 달아 주는 꼴이었다.

문득 이 총관이 의문을 드러냈다.

"한데…… 원가가 지나치게 높습니다. 그 배달이라는 것을 할 인력을 수백여 명이나 고용해야 되는 상황 아닙니까?"

조휘가 아무렇지도 않게 툭 뱉었다.

"비싸도 먹게 만들어야죠."

"네?"

이어 들려오는 한숨 섞인 조휘의 음성.

"저는 이곳의 음식이 너무 맛없습니다. 정말 더럽게 맛없어요."

조휘로서는 악취와 더불어 이곳 중원에서 가장 적응하기 힘들었던 것 중의 하나가 바로 음식이었다.

대체 어떤 놈이 중화의 요리가 최고라고 했던가?

아니 이건 애초에 요리의 문제가 아니라 문명의 수준 차이라고 봐야 옳았다.

음식의 간이란 것이 현대의 그것과는 판이하게 다르다.

전반적으로 향신료나 조미료의 종류가 현대에 비해 매우 빈약했고, 그 희소성 또한 너무 높았다.

현대에서 흔하디흔했던 소금만 해도 이곳 중원에서는 그 값이 한 두(斗)에 은자 여섯 냥이다.

그도 그럴 것이, 거래되는 대부분의 소금이 암염(巖鹽)이다.

소금광산에서 생산되는 암염은 기본적으로 생산 과정이 험하고 유통 과정도 복잡하다.

염광의 소유주들 대부분이 대호족들이었으며, 그런 권력자들과 얽혀 있는 거대 상단들은 독점적인 유통권력을 지니고 있기 때문에 소금의 가격이 낮아지기가 힘들었다.

가장 꼭대기의 대호족들, 그들과 거래하는 거대 상단, 거대 상단들에게 귀속되어 있는 중소상인들…… 그 피라미드형 유통 구조는 모두가 뇌물로 쌓아 올린 탑이다.

상황이 이러하니 일반 양민들이 한 줌의 소금을 쥐려면 얼마나 처절한 몸부림이 필요할까?

소금은 맛 이전에 생존의 문제다.

사람은 소금이 없이 살아갈 수가 없기 때문이다.

한데 은자가 있다고 해도 구하기조차 힘든 판국이다.

이런 세계에서 음식의 간 운운하는 것 자체가 이미 배부른 소리.

음식에 간이라도 되어 있으면 그저 감사할 따름이었다.

설탕은 또 어떨까?

설탕은 돌꿀(石蜜)이라고 불리며 전량 천축(天竺)에서 수입해서 온다.

사탕수수에서 설탕을 정제하는 방법은 천축의 일부 기술자들만 알고 있었다.

이곳 중원에는 아직 전해지지 않은 기술인 것이다.

당연히 값은 일반 꿀보다 비싸다.

설탕 한 두(斗)의 가격은 무려 은자 열네 냥.

이처럼 조휘가 현대에서 향유하던 단짠의 잣대로만 요리를 해도 그 값이 천정부지처럼 치솟을 수밖에 없는 것이다.

그럼에도 조휘는 현대의 맛을 포기할 수가 없었다.

단짠(?)의 진면목을 적당한 가격으로 구현할 수만 있다면 이 중원세계의 인간들로서는 천상의 맛을 경험하는 것이리라.

문제는 가격이 너무 비싸진다는 것이다. 소금은 그렇다 치더라도 설탕은 도저히 단가가 맞지 않았다.

"천축의 무역상들과 직거래를 할 방법이 있겠습니까?"

조휘의 질문에 이 총관은 대번에 난감한 얼굴을 하면서도 궁금증을 표시했다.

"예? 천축과의 거래라니요? 품목은요?"

"천축과 돌꿀을 거래하고 싶습니다."

"……예?"

그 대단한 안휘의 화룡상단이나 유백상단조차 천축과의 직거래는 언감생심 꿈도 꾸지 못하고 있었다.

성(省) 단위에서 노는 상단이 아니라, 나라 대 나라 간의 무역을 중계하는 초거대상단, 즉 천화상단(天華商團)이나 만금상단(萬金商團)과 같이 중원제일의 칭호를 다투는 역량 정도나 되어야 국가 간의 무역을 시도해 볼 수 있는 것이다.

더구나 돌꿀이라니?

일평생 상단에 몸담았던 이 총관조차도 소문으로만 접해볼 뿐, 실체조차 확인한 적이 없는 물건이었다.

소문에 의하면 돌꿀은 거의 전량이 황실에 납품되었다.

식품이라기보다 황실 귀족들의 사치품이라고 봐야 하는 것이다.

"간혹 시장에 흘러나오는 천축 물건이 있기는 합니다. 하지만 돌꿀은 제 평생 보지도 못했습니다. 아마 그런 희귀한 물건들은 거의 대부분이 황실에 납품될 겁니다."

"하……."

조휘의 깊은 한숨.

동네마트마다 널리고 널려 있던 설탕이 무려 황실의 사치품이라니.

하지만 의문이 든다.

"제가 비(飛) 형님께 부탁하여 입수한 화룡상단의 거래장부에서 분명 돌꿀을 봤습니다만? 장부에 가격이 적혀 있다는 것은 한 번이라도 거래가 이뤄졌다는 뜻 아니겠습니까?"

대부분의 상단들은 물품의 매매가 이뤄질 시 반드시 거래장부의 가액일람표(價額一覽表)에 기록한다.

이 총관이 침중한 낯빛으로 고개를 가로저었다.

"혹시 매매 일시나 거래량도 확인하셨습니까?"

"물론입니다. 작년에 두 번 거래가 있었더군요. 십 두와 이십 두. 전량 남궁세가 입고."

이 총관이 예상했다는 듯 고개를 끄덕였다.

"당연히 남궁세가겠지요. 황실 대장군부에 남궁세가의 사람들이 가득하니까요. 당장 효위대장군(效衛 大將軍) 남궁연 님만 해도 중원제일상이라는 천화상단주 정도는 가볍게 움직일 수 있을 겁니다. 하지만 그 외의 거래는요?"

"음……."

"예. 이 안휘에서 돌꿀을 직접 매입할 수 있는 곳이라고는 남궁세가밖에 없습니다. 그것도 아주 극소량. 강호 오대세가의 수좌라는 남궁세가의 역량으로도 일 년에 삼십 두(斗) 정도가 전부인 게지요. 남궁세가가 더 사고 싶지 않아서 안 사고 있겠습니까? 아마 삼십 두도 남궁세가의 체면을 생각해서 최대한 공급한 양일 겁니다."

하…….

또 남궁세가다.

모든 길은 남궁세가로 통한다.

그것이 바로 이 안휘성의 진리.

조휘가 곧바로 장고에 빠졌다.

정말 남궁세가의 모든 역량으로 구한 설탕이 고작 삼십 두라면, 사부님을 구워삶아 남궁세가의 역량을 빌릴 필요도 없었다.

삼십 두라고 해 봐야 자신이 구상하고 있는 객잔그룹(?)을 운영하는 데 있어서 보름도 못 버틸 양인 것이다. 단짠을 구현하려면 보다 근본적인 대책이 필요하다.

천축의 상단들과의 직거래가 가장 이상적이었지만 어디 말처럼 그게 쉬운 일인가?

"일단 돌꿀에 대한 정보를 최대한 모아주시죠. 아무리 하찮은 정보라도 좋습니다. 비용은 철방의 운영에 지장이 되지 않는 한 얼마든지 쓰셔도 좋습니다."

조휘의 말에 이총관이 곧바로 질문했다.

"철방의 경영보다 우선해야 되는 일입니까?"

"어쩌면요."

한 치도 흔들리지 않는 조휘의 눈빛을 살핀 이 총관이 결연한 얼굴로 다시 입을 열었다.

"알겠습니다. 최선을 다해 보겠습니다."

믿을 만한 사람의 믿을 만한 대답이다.

어느 정도 구상했던 일이 마무리되었지만, 조휘는 벌써 그다음을 준비하고 있었다.

대남궁세가의 고루거각이 한눈에 보이는 창가에 서서 여유롭게 다향을 즐기며 서류를 살피고 있는 한 남자.

그는 바로 현 가주의 친동생이자 남궁세가의 이인자라 할 수 있는 내원주(內院主) 남궁백(南宮白)이었다.

내원주는 세가의 모든 대소사를 관장하는 자리.

오히려 세가의 실권이라는 측면에서는 가주보다도 더욱 많은 권한을 쥐고 있는 것이 내원주라는 자리였다.

그런데 다향을 즐기며 결재서류를 훑어보던 남궁백의 미간이 와락 찌푸려졌다.

-금실객(金絲客) 조가철방(曹家鐵坊) 조휘(曹輝). 창천검패(蒼天劍牌) 발허(發許).

창천검패를 지닌 자는 남궁세가의 이름으로 모든 일을 행사할 수 있다.

남궁세가로서도 창천검패를 발급해 준다는 것이 그리 만만한 사안은 아닌 것이다.

그러므로 창천검패를 발급받는 대상을 선정하는 데는 심사가 매우 까다로울 수밖에 없었다.

세가의 이름에 누를 끼치지 않을 정도로 평소 인망과 덕이 있어야 했고, 어느 정도 명성도 있어야 했다.

적어도 이 안휘에서 어느 한 분야의 정점을 찍는 자들에게나 겨우 발급되는 것이 바로 창천검패인 것이다.

때문에 일 년에 겨우 서너 개 발급될까 말까다.

한데 조가철방의 조휘라니?

정말 금시초문인 인물이다.

게다가 듣지도 보지도 못한 철방의 장사치에게 금실의 배첩이라니?

더욱이 창천검패의 발허권은 내원주인 자신의 고유 권한이지 않은가?

자신의 기억으로는 결코 발허를 해 준 적이 없었다.

애초에 소룡대연회(小龍大宴會) 건의 협의를 위해 하남으로 출장을 갔었기 때문에 결재 절차가 이뤄질 수가 없는 것이다.

부재중인 자신의 권한을 뒤로하고 창천검패를 발허해 줄 정도의 인물이라면 가주를 제외하고는…….

그제야 눈에 들어오는 발허권자.

-창천담로원주인가(蒼天談老院認可).

"미친!"

벌써부터 머리가 지끈거리며 아파 오기 시작한다.

원로원의 어르신들은 늘 이런 식이다.

지위 무시.

절차 무시.

가법 무시.

세 달 전에도 왠 거지행색의 청년을 데려와 막무가내로 의형제로 삼겠다고 해서 겨우 뜯어말려 놨더니, 이제는 듣지도 보지도 못한 철방에게 창천검패를 내어 주다니…….

참는 것도 한계가 있다.

원로원의 이런 강짜를 계속 넘어가 준다면, 가법이니 절차
니 무슨 필요가 있겠는가?

아무리 아버지뻘의 어른들이라고 하나 이건 도가 지나쳤다.

발허권자인 자신의 재가 없이 창천검패의 발급이 이뤄진
적은 지금껏 단 한 번뿐이었다.

하지만 그때는 가주령이기도 했고, 발급 대상도 안휘의 표
국 중에서 가장 강성한 세력을 자랑하는 남천표국의 국주인
이화승 대협이기에 충분한 명분이 있었다.

곧 남궁백이 이글거리는 눈으로 집무실을 박차고 나갔다.

내원의 연무장을 지나는 남궁백의 얼굴이 묘해졌다.

지금은 오(午)시다.

그런데 왜 연무장에 사람이 아무도 없단 말인가?

남궁세가의 검이 녹록지 않은 것은 끊임없는 수련에 있다.

이 시간에 연무장에 청룡단도 창룡단도 보이지 않는다?

있을 수 없는 일이다.

그들의 지독한 수련은 청룡단 출신인 자신이 가장 잘 알고
있었다.

"음?"

인기척은 다른 곳에서 느껴졌다.

그곳은 내원의 중심에 있는 호수 제왕소(帝王沼)였다.

한 자루의 검으로 강호무림사에 깊은 족적을 남기고 간 위대한 검객이자, 무림에 남궁세가라는 가문을 연 개파조사 남궁위무(南宮爲武).

그의 말년, 온 강호명숙의 축하를 받으며 금분세수를 하던 그날, 그의 마지막 일검이었던 제왕검형(帝王劍形)의 검흔이 바로 저 호수다.

그 검흔 주위로 세가가 세워졌고, 그것이 바로 대남궁세가.

그러므로 제왕소는 위대한 전설의 증거이자, 대남궁세가의 신성한 성지 그 자체라 할 수 있었다.

한데, 그런 그곳에서 세가의 거의 모든 젊은 검수들이 옹기종기 모여앉아 이야기(?) 꽃을 피우고 있었다.

그런 그들의 표정이 얼마나 엄정하고 진지한지, 남궁백은 세가에 무슨 사단이 났나 싶어 재빨리 신법을 일으켜 그들에게 다가갔다.

남궁백을 알아본 젊은 검수들 몇몇이 서둘러 일어나 정중히 예를 표했다.

"내원주님을 뵙습니다!"

남궁백이 궁금한 얼굴로 그들을 하나하나 훑으며 물었다.

"청룡단, 창룡단, 휘룡단…… 다 모여 있구나. 무슨 일이라도 일어난 것이냐?"

"아, 저희는 논검비무 중입니다."

"……논검?"

그대로 황당하다는 얼굴로 굳어 버린 남궁백.

"일과 시간에 논검은 금하는 것으로 알고 있는데? 혹시 내 기억이 잘못된 건가?"

물론 논검도 수련의 한 방편이다.

허나 저들은 자존심과 호승심이 각별한 열혈의 젊은 검수들이다.

필연적으로 소모적인 논쟁과 논란이 뒤따른다.

원래 말싸움(?)이란 것이 그런 법.

"아, 단주님들께서 허락하셨습니다."

"단주들이?"

남궁백의 미간이 일그러졌다.

세가의 체계와 전통이 무너지는 이런 순간들이 요즘 들어 왜 이렇게 잦단 말인가?

"검이란 끊임없는 고련의 길이다. 너희들도 그걸 모르지 않을 텐데 이 무슨 해괴한 짓거리냐! 말장난 따위로 무슨……!"

창룡단의 젊은 검수 중 하나가 앞으로 나섰다.

"담로원에서 단주님들이 직접 목격하셨습니다."

"대체 뭘 봤다는 것이냐?"

젊은 검수가 대답했다.

"담로원주님께서 논검을 통해 깨달음을 얻으시고 창천안

의 경지를 이루셨습니다."

"그, 그게 사실이냐?"

창천안(蒼天眼).

남궁세가의 검공을 극성으로 연마한 검수들에게 나타나는
공통적인 특징. 세가의 역사에서 창천안을 이룬 검수는 채 열
을 넘지 않는다.

즉, 창천안의 경지를 이뤘다는 것은 남궁세가의 최고수 반
열에 들었다는 뜻.

절대경(絶大境).

현 강호에서 오롯이 칠무좌만이 이룩하고 있는 그 위대한
경지를 이뤘다는 뜻이기도 했다.

칠무좌의 일좌를 담당하고 있는 창천검협 남궁수와 대등
한 경지의 검수가 원로원에서 탄생한 것이었다.

동시대에 창천안의 고수가 둘씩이나 배출된 것은 남궁세
가 역사상 처음 있는 일.

절대의 경지를 이룬 무인 한 명의 파괴력은 웬만한 문파와
맞먹는다.

남궁세가의 입장에서는 실로 엄청난 홍복(洪福)이 아닐 수
없었다.

남궁세가의 검수라면 누구나 꿈에 그리는 창천안의 경지
를, 눈앞에서 이루는 것을 목격했으니 이들이 논검에 환장할
만도 하다.

남궁백은 문득 궁금해졌다.

"논검의 상대는 어느 고인이셨나? 혹 가주께서?"

젊은 검수들 중 하나가 어색한 얼굴로 웃으며 대답했다.

"논검의 상대는 원주님의 무기명제자셨습니다."

"무기명제자?"

그 연세에 제자를?

아무리 무기명이라 하나 세가주보다 윗배분인 창천검선이
제자를 맞이했다는 것은 대사건이라 할 수 있었다.

남궁세가뿐만 아니라 다른 문파에서도 원로급 인사들이
제자를 맞이하는 것을 웬만하면 금하는 편이었다.

그것은 제자들 간에 항렬이 꼬이는 것을 방지하기 위함이
었다.

남궁백이 찌푸려진 얼굴로 다시 물었다.

"제자가 되신 분이 누구시냐?"

"조가철방의 조휘라는 소협이십니다."

남궁백이 두 주먹을 말아 쥔 채 입술을 가득 깨물며 다시
묻는다.

"나이는?"

"그게…… 이제 약관 정도…….'

"……."

불안한 예감이 현실로 다가왔다.

궁금했던 모든 것들이 설명된 것이다.

소룡대연회 건만으로도 머리가 아파 죽겠는데 이 무슨 해괴한 일이란 말인가?

"령주!"

남궁백의 뒤편에서 조용히 시립해있던 검은 무복의 사내가 조용히 대답했다.

"충! 하교하십시오."

남궁백이 거칠게 입술을 깨물었다.

"당장 조가철방과 조휘라는 자의 모든 것을 조사해 오라!"

"충!"

 남궁성찬이 긴 수염을 쓰다듬으며 희미하게 웃고 있었다.

 "이제야 본 노를 찾아오시다니. 가주께서 정무에 바쁘셨나
보오."

 평소 좀처럼 밖으로 감정을 드러내지 않는 남궁수였지만,
미미하게 떨리는 손끝과 동요하는 기색이 가득한 눈동자를
숨기지 못하고 있었다.

 "……."

 연신 흔들리고 있는 눈동자.

 사흘 전 불쑥 찾아온 백부가 내민 것은 논검을 복기하고 해
석해 놓은 오십여 장 분량의 논검 기록.

정무에 지쳐 잠시 잊고 있다가 오늘에서야 모두 읽어 봤다.

삼재검(三才劍).

흔하디흔한 삼류 검법.

그러나 논검 기록 속의 삼재검은 전혀 다른 검법이었다.

아니, 검법 자체는 다를 게 없었으나, 공수의 변환 그 적재적소 운용이 차원이 달랐다.

이화접목.

사량발천근.

비틀고 막고 비끼고 내려치고 쳐 올리고 찌르는 그 간결한 삼재검의 동작들이 이렇게 고절한 무리(武理)처럼 작동한다?

누구나 말은 쉽게 한다.

철저한 기본기가 바탕이 될 때 비로소 한 사람의 무학이 완성된다고.

기본기가 중요하다는 것을 모르는 무인은 없다.

하지만 그렇다고 평생 기본기를 게을리하지 않는다?

그건 불가능하다.

명문세가의 무공은 그리 간단하지가 않다.

매일같이 마음을 정갈히 하고 내공을 단련한다.

실전에 대비해 늘 안광을 날카롭게 벼리고 청각을 민감하게 열어 감각을 점검한다.

최적의 투로(鬪路)를 찾기 위해 명상에 게을러서도 안 되며, 실제의 대련을 통해 반드시 이를 확인한다.

자신의 육체를 끊임없이 관조하여 기혈을 단련하고 부족해진 근맥이 있다면 이를 가다듬는다.

내기를 폭발시키는 시점을 연구하고 초식에 쓸모없는 동작이 있다면 이를 정제하며 잘못된 습관이 있다면 바로잡는다.

이처럼 명문세가의 무공이란 늘 자신을 갈고 닦는 수신(修身)이다.

제왕검형.

창궁무애검.

그렇게 매일같이 한 초식 한 초식을 갈고닦으며 평생을 매진해 온 자신조차 아직 완성하지 못한 것이 검의 길.

과연 무학에 완벽이란 것이 있을까?

그것은 한 인간의 일생으로는 결코 감당하기 힘든 경지일 것이다.

하지만 적어도 이 논검 기록 속의 삼재검은 지금까지 자신이 본 유일무이한 완벽(完璧)이었다.

평생 단 한 번도 경험해 보지 못한 생경한 감정.

강호의 일곱 절대자, 칠무좌의 일인인 창천검협 남궁수.

그런 그에게도 이 논검 기록의 삼재검은 거대한 벽처럼 느껴지고 있었다.

일생을 살면서 이처럼 하나의 완벽한 무공을 단연코 본 적이 없었다.

그만큼 완벽(完璧)이라는 단어가 주는 절대성은 간단하지가 않았다.

"……화산(華山)입니까?"

으스러지도록 꽉 깨문 입술.

남궁수는 칠무좌의 제일좌, 화산의 자하검성(紫霞劒聖)을 떠올렸다.

당대의 천하제일인.

같은 절대의 경지지만 결코 닿을 수 없는 자.

그가 아니라면 천하의 그 누가 삼재검으로 이만한 조화를 부릴 수 있단 말인가?

"그는 아니외다. 가주."

남궁수의 두 눈이 의혹으로 물들었다.

"……그렇다면 누가?"

남궁성찬이 흐뭇하게 웃었다.

"차차 알게 될 것이니 가주께서도 그저 거기서 뭔가를 얻을 수 있길 바라오."

말을 끝낸 그가 곧 내기를 끌어올렸다. 그러자 푸르스름한 창천의 기운이 그의 눈을 가득 적신다.

얼굴에 놀람이 스친 것도 잠시 곧 남궁수가 자신의 일처럼 기뻐했다.

"대공을 경하드립니다. 백부님."

그들은 결코 알 수 없었다.

자신들이 보고 있는 논검 기록이, 검의 조종(祖宗)이자 신(神)의 흔적이라는 것을.

◆ ◈ ◆

만약 안휘에 남궁세가가 없었다면 그 자리를 대신할 수 있을 정도로, 화씨검문은 그 위세가 대단한 문파였다.

그들의 독문검법인 도화십일검(桃花十一劍)은 화산의 이름 높은 이십사수매화검법과 곧잘 비교될 정도로 대단한 검법이었다.

그들의 뿌리는 전설의 도화도(桃花島).

그 명성 하나만으로도 강호에서의 입지를 다지기에는 충분한 가문이었다.

그러나 안타깝게도 화씨검문의 문주 화이강 대협이 갑작스럽게 괴질에 걸려 급사한 후로 화씨검문은 쇠락하고 있었다.

그의 아들인 화서명은 가문을 이끌기에는 너무도 부족했다.

무공의 자질을 떠나 인성이 결여된 인간이었다.

화씨검문의 위세에 눌려 어쩔 수 없이 쉬쉬하고는 있지만 합비에서의 화서명의 평은 최악이나 다름없었다.

수많은 객잔과 기루에 외상을 깔아 놓는 것은 기본이었고, 가문의 위세를 이용해 양민들의 돈을 떼먹거나 심지어 여인들을 희롱하는 일도 잦았다.

합비의 사람들이 쉬쉬하면서 칭하는 그의 별호는 화씨견자(華氏犬子).

그의 아버지인 화이강 대협은 인품이 호협하고 사람 좋기 그지없는 호걸이었으나, 그런 아버지의 십분지 일도 따라가지 못하는 개망나니라는 뜻이었다.

"호오! 제갈세가의 영웅들이 이곳에 다 계셨구려?"

객잔의 구석에서 애써 화서명의 시선을 피하고 있었던 제갈세가의 제자들이 똥 씹은 얼굴로 굳어 버렸다.

화씨검문이라는 후광만 없었다면 상대도 하기 싫은 놈이었기 때문이다.

하지만 굳이 인사를 건네 오는데 화답을 하지 않을 수는 없는 노릇.

제갈세가의 제갈운이 마뜩치 않은 얼굴을 풀고 자리에서 일어났다.

"화 소협. 그간 잘 지내셨죠?"

"아니 이게 누구요? 소제갈(小諸葛) 제갈운 소협이 아니시오?"

누가 봐도 과장된 표정과 몸짓.

자신이 제갈세가의 쟁쟁한 제자들과 친분 있는 사이라는 것을 주위에 과시하는 듯한 행동이 너무 노골적이다.

그때, 객잔의 주렴을 걷고 일단의 청년들이 들어서고 있었다.

청색비단의 영웅건.

화려한 수실의 요대.

그들이 허리에 찬 모든 검의 손잡이에 박혀져 있는 진한 청색의 벽옥(碧玉).

그들은 다름 아닌 대남궁세가가 자랑하는 후기지수들인 것이다.

그런 그들의 가장 앞에 서 있는 늠름한 청년이 있었다.

보는 이로 하여금 절로 위압감이 드는 강렬한 안광.

스물을 갓 넘은 얼굴을 하고 있었지만 놀랍게도 그의 가슴 어름에는 청색 수실의 커다란 용(龍)이 새겨져 있었다.

청룡의 표식이 의관에 새겨졌다는 것은 그가 곧 창천검수(蒼天劍手)라는 뜻.

남궁세가에서 갓 스무 살의 검수가 창천검수의 위(位)에 오른 이는 단 한 명밖에 없었다.

"소검주(小劍主)!"

그는 남궁세가주 남궁수의 첫째 아들이자, 이미 안휘에서 '소검주'라 불리며 명성이 자자한 남궁장호.

남궁세가는 물론 합비의 모든 사람들은, 그가 장차 가주가 되어 세가의 미래를 이끌 재목이라는 것을 추호도 의심하지 않았다.

합비가 자랑하는 안휘제일 후기지수.

객잔의 이층에서 그런 그를 바라보던 제갈세가의 후기지

수들이 하나같이 긴장한 얼굴을 하고 있었다.

눈앞에 서 있는 인물은 곧 열릴 소룡대연회에서 가장 강력한 경쟁자라 할 수 있는 사내.

이번에도 화서명이 눈치 없이 나섰다.

하지만 그가 관심 가지는 대상은 남궁장호가 아니었다.

"소저!"

일층을 향해 버선발로 뛰어 내려가는 화서명.

그런 화서명을 발견한 남궁소소의 고운 아미가 와락 찌푸려진다.

"어떻게 날이 가면 갈수록 이렇게 예뻐지신단 말이오?"

화서명이 사람 좋은 얼굴로 푸근하게 웃어 보이며 말을 건네 왔지만 남궁소소는 건성으로 대답할 뿐이었다.

"오랜만이네요."

화서명의 행동을 무심한 눈으로 지켜보던 남궁장호가 얼음장 같은 음성을 내뱉었다.

"경박한 것은 여전하구나."

"하하! 장호 형님!"

화서명이 남궁세가와 제갈세가 일행을 번갈아 훑으며 말했다.

"소검주와 소제갈이 한자리에 모이다니! 과연 소룡대연회라 이겁니까?"

남궁장호가 듣기도 싫다는 듯 질끈 눈을 감았다.

가문의 명령만 아니었다면 결코 함께하지 않을 자들과의 동행이었다.

도대체 가문의 어르신들은 무슨 생각으로 이들과 함께 섬서행(陝西)을 명하신 걸까?

한심하기 짝이 없는 화서명은 차치하고서라도, 저 제갈세가의 서귀(書鬼)들과는 절대로 어울리고 싶지 않았다.

한낱 붓 따위로 아버지의 위명을 깎아내리기에 혈안인 놈들이다.

강호풍운록의 만박자를 생각하면 곧바로 발검하고 싶은 것이 솔직한 심정이었다.

남궁장호가 곧바로 일층 한켠의 자리에 앉자, 남궁세가의 후기지수들도 차례대로 자리를 잡았다.

자리에 착석한 후 남궁장호는 무심한 음성을 다시 내뱉었다.

물론 제갈세가의 후기지수들이 앉아 있는 이층 쪽으로는 눈길 한 번 주지 않은 채로.

"요기만 해결하고 곧바로 출발하지."

남궁소소는 사내들의 이런 묘하고 무거운 분위기가 마음에 들지 않았다.

맛있는 음식으로 기분을 달래야겠다고 마음먹은 그녀가 점소이들이 분주히 지나다니고 있는 주방 입구를 쳐다보다 눈이 화등잔만 해졌다.

"조휘 소협?"

객잔의 점주와 연신 실랑이를 벌이고 있는 그는 분명 조휘였다.

"아오! 그래서 원하시는 게 뭡니까?"

"아니, 이놈이? 원하길 뭘 원해? 내가 왜 내 밑천을 네놈에게 알려 줘야 되냐고!"

연신 씩씩거리며 화를 내는 점주.

처음에는 비싼 요리를 잔뜩 시킨 손님이라 호감이 생겨 질문에 이것저것 대답해 줬다.

하지만 언젠가부터 자꾸만 '가장 잘나가는 요리가 뭐냐', '식재료는 어디서 공급을 받냐', '하루에 재고는 얼마나 생기냐', '실력 있는 주방장들은 어떻게 수급했냐', '점원들의 월봉은 얼마냐' 등등 민감한 질문들만 해 댔다.

이 정도에서 눈치를 채지 못하면 바보다.

이 어린 녀석이 객잔을 열려는 것이다.

보나마나 돈 좀 만지는 상단의 자제일 것이리라.

조휘는 조휘대로 답답해 미칠 지경이었다.

객잔 사업을 시작하기 위해 시장 조사차 여러 객잔을 돌고 있는데, 아무리 점주들을 꼬드겨 봐도 원하는 정보를 내놓지 않았다.

조가철방은 이미 아버지가 깔아 놓은 것이 있어서 사업을 확장하기 쉬웠지만 객잔은 전혀 다른 영역의 사업.

아무런 노하우나 사전 정보 없이 뛰어들 수는 없었기에 조휘는 그야말로 답답해 미칠 지경이었다.

그때, 또 누군가가 객잔의 주렴을 거칠게 걷으며 헐레벌떡 뛰어 들어왔다.

"······헉헉! 아우! 내 의제!"

조휘의 고개가 모로 꺾였다.

"정재 형님?"

그는 바로 화룡상단의 셋째 공자 상관비였다.

얼굴에 반가움이 떠오른 것도 잠시, 상관비가 원독 어린 표정으로 품에서 서찰을 꺼내 내밀었다.

"도대체 이게 뭔가? 의제!"

그가 내민 것은 안휘철방의 인장이 선명하게 찍혀 있는 서찰.

조휘는 그가 왜 이렇게 화가 나 있는지 곧바로 알아차릴 수 있었다.

역시 이 총관의 일처리 속도는 끝내준다.

"내가 얼마나 의제를 찾아 헤맸는 줄 아는가!"

상관비는 서찰을 받자마자 철방부터 달려갔지만, 그 빌어먹을 총관이란 놈은 조휘의 행선지도 알려 주지 않았다.

결국 아버지께 허락을 구하고 상단의 모든 정보력을 동원해 조휘를 수소문했다.

마침내 조휘의 인상착의와 비슷한 청년이 합비의 모든 객잔을 돌며 괴행(?)을 벌이고 있다는 것을 알게 되었고, 결국 오늘 이렇게 찾아내고야 만 것이다.

"일언반구 없이 갑자기 거래부터 끊겠다니? 이게 정말 의! 제! 의 진심이란 말인가?"

유난히 '의제'라는 단어를 힘주어 말하는 상관비.

"그게…… 뭐…… 그렇게 됐습니다."

"그렇게 됐습니다?"

황당하다는 얼굴로 굳어 버린 상관비.

곧 그가 버럭 노성을 내질렀다.

"경쟁 관계의 상단이라 할지라도 이런 경우는 없었네! 어떻게 달포에 천오백 냥을 거래하던 상단에 협상의 기회조차 한 번 주지도 않고 일방적으로 거래를 끊을 수 있단 말인가? 더구나 의제와 나는 의형제로 맺어진 사이 아닌가?"

그러나 조휘의 두 눈은 물빛처럼 투명할 뿐이다.

"저 역시 형님을 존경하고 좋아합니다. 하지만 공과 사는 구분하셔야죠."

"의제!"

"또 제가 마치 기회를 드리지 않은 것처럼 이야기를 하시는데, 제가 얼마나 기회를 드렸습니까? 만날 때마다 말씀드렸을 텐데요?"

"그, 그건!"

틀린 말은 아니다.

만날 때마다 조휘는 다른 상단의 구애를 넌지시 언급하며 거래가를 조정하려고 했으니까.

"저와의 거래를 통해 한 달에 형님께서 벌어들이는 이문이 자그마치 금자 백이십 냥입니다. 금자 백이십 냥이 얼마나 큰 돈인지는 상인인 형님께서 가장 잘 알고 계시잖아요?"

순간 상관비는 소름이 돋았다.

안휘철방을 통해 벌어들이는 자신의 이문을 조휘가 정확히 알고 있었기 때문이다.

단일 거래처로 그만큼의 수익을 낼 수 있는 곳은 화룡상단의 수많은 거래처들 중에서 안휘철방뿐이었다.

"의형제? 말씀 한번 잘하셨습니다. 어느 아우가 형에게 한 달에 금자 백이십 냥을 일방적으로 계속 헌납합니까? 그런 관계는 형제가 아니라 왈패나 산적 간의 거래…… 즉 상납 같습니다만?"

그래도 상관비는 억울했다.

곧 그가 주위를 살피며 조심스럽게 목소리를 낮추었다.

"아니 이 사람아. 그래도 내가 의제에게 안정적으로 주괴를 공급해 주기 위해 얼마나…… 헉?"

갑자기 자신의 시야를 가득 메운 검 모양의 패(牌).

패의 중심에 선명하게 양각된 창천(蒼天)이라는 글씨.

조휘가 내민 것은 틀림없는 창천검패였다.

그제야 모든 것이 이해된 상관비.

'아…….'

저 검패는 안휘제일상단을 다투는 자신의 화룡상단에도 없는 것.

창천검패면 이 안휘에서 철광석을 구하지 못할 리가 없다.

그제야 상관비는 깨닫는다.

다시는 자신의 의제와 '거래'라는 관계로 묶일 수 없다는 것을.

그만큼 창천검패를 지녔다는 것은 이 안휘에서 모든 것이 가능하다는 의미였다.

조휘가 내민 창천검패를 본 사람 중에서 가장 놀란 사람은 바로 객잔의 점주.

"아이고 공자님! 제가 몰라 뵙고 무례를 저질렀습니다!"

"음?"

조휘가 어색한 얼굴로 굳어 있는 그때.

"네놈은 누구냐? 어떻게 본가의 검패를 지니고 있는 거지?"

어느새 조휘의 곁으로 다가온 엄청난 기도의 청년.

그는 바로 소검주 남궁장호였다.

'와……'

영웅이 있다면 이런 모습일까?

키가 크고 잘생겼다거나 체구가 다부지다거나 하는 그런 상투적인 묘사로 표현될 수가 없었다.

이건 뭐 인간의 아우라가 틀리다.

이게 바로 무림인의 '기도'라는 건가?

조휘는 내심 감탄에 감탄을 연발했다.

남궁장호의 첫인상이 그만큼 강렬했던 것이다.

조휘가 정중히 포권했다.

"저는 조가…… 아니 안휘철방의 조휘라고 합니다."

"……안휘철방?"

미간을 잔뜩 찌푸리는 남궁장호.

들어 본 적이 있나 싶어 고민하는 태가 역력하다.

철방이라면 대장간이다.

쇠붙이나 두드리는 자들에게 창천검패? 사칭하는 자인가?

불과 이 년 전에도 가짜 창천검패로 온갖 사기를 쳐서 합비를 쑥대밭으로 만들어 놓은 자가 있었다.

"검패를 내게 보여라!"

그때, 남궁소소가 서둘러 다가와 남궁장호의 팔을 붙잡는다.

"오라버니! 이 창천검패는 틀림없이 본 세가가 발허한 것이에요. 이미 조휘 소협은 본 세가에서 가장 유명한 분이시랍니다."

남궁장호가 마뜩찮은 얼굴로 조휘를 훑으며 대답했다.

"……유명?"

남궁소소가 정신없이 고개를 끄덕인다.

"오라버니는 어제 폐관에서 출관하셨으니 모르는 게 당연해요. 나중에 창천담로원…… 아니 단주님들만 뵈어도 알 수 있을 거예요."

남궁장호가 조휘를 향한 시선을 풀지 않으며 다시 의문을
표했다.

"본 세가에 대단한 명검이라도 바친 건가?"

오빠의 식상한 상상력에 터져 버린 남궁소소.

"호호! 그런 것이 아니에요. 소협은 대단한 무공의 소유자
랍니다."

"무공?"

남궁장호의 눈빛이 달라진다.

타는 듯한 열기.

곧 그가 기감을 최대로 끌어올려 조휘를 탐색했다.

그런데, 내력은 물론이고 벼려진 기운도 없다.

무공을 익혔다면 당연히 느껴져야 할 그 어떤 것도 느껴지
지 않는다.

하지만 남궁소소가 허튼소리나 할 사람은 아니다.

남궁장호는 자신의 안목이 잘못되었나 싶어 계속 조휘를 살
피고 있었지만 무공의 흔적이라고는 정말 아무것도 없었다.

병장기를 익혔다면 당연히 거칠어야 할 검결지도 깨끗했
고, 안광(眼光)도 벼려지지 않았다.

무인과 일반인의 가장 다른 점이라면 안광이다. 무인은 가
장 먼저 '보는 법'부터 배우기 때문이다.

그도 그럴 것이 조휘는 그 어떤 외공(外功)도 익히지 않았다.

또한 조휘는 이미 내공의 가속자.

전신이 단전화되어 내력이 없는 사람처럼 느껴지기 때문에, 조휘와 같은 경지를 이룬 자가 아니라면 절대 알아볼 수가 없었다.

결국 남궁장호는 확신했다.

"지금 나와 장난하는 것이냐? 이자는 결코 무인이 아니다."

"아니, 오라버니 그게……."

뭐라고 반박을 하고 싶긴 한데 남궁소소는 대꾸할 수가 없었다.

조휘가 진신실력을 드러내는 것을 본 적이 없었기 때문이다.

"……하지만 큰할아버지와의 논검을 모두 이긴걸요?"

"큰할아버지를?"

남궁소소가 저렇게 친밀하게 큰할아버지라 부르는 사람은 단 한 명뿐이다.

창천검선(蒼天劍仙).

가주이신 아버지만 제외한다면 남궁세가에서 가장 강력한 검수라 할 수 있는 어른이었다.

그런 어르신과 논검에서 이겼다고?

남궁장호는 이해가 되지 않았다.

논검은 실전의 한 방편이다.

검을 쥔 흔적도 없는 놈이 무슨 논검을 할 수 있단 말인가?

어르신이 일반인과 논검을 벌였다는 자체도 놀라울 판국인데 지셨다니?

"수십 차례 논검을 하셨지만 단 한 차례도 이기지 못하셨다고 하던데요?"

"뭣?"

"그리고 큰할아버지께서 소협을 무기명제자로 삼으셨어요. 아무리 무기명제자라지만 항렬이 있는데 계속 소협께 그런 하대는 좀……."

"제, 제자?"

황당함이 극에 이른 표정.

하지만 남궁장호는 곧 얼굴에서 황당함을 지워 냈다.

"무공 한 자락 익히지 못한 놈이 본가의 어른이란 말이냐? 직접 확인하기 전에는 있을 수 없는 일이다!"

"당장 본가로 가서 확인해 보시든가요."

"시끄럽다!"

뽀루퉁한 얼굴로 입술을 삐죽이는 남궁소소.

조용히 듣고만 있던 조휘가 드디어 입을 열었다.

"검패의 진위 여부는 남궁소소 소저께서 확인해 주신 걸로 알겠습니다. 그럼 이만……."

서둘러 자리를 뜨려는 조휘.

남궁장호와는 왠지 엮여서 좋을 게 없을 것 같은 본능적인 느낌이 들었던 것.

게다가 화룡상단의 상관비와도 계속 함께 있는 것이 불편했다.

연신 눈치를 살피고 있던 상관비가 이때다 싶어 남궁장호를 향해 정중히 포권했다.

"일전에 먼발치에서 한 번 뵌 적이 있습니다. 이렇게 소검주님을 뵙게 되어 영광입니다. 저는 화룡상단의……."

하지만 남궁장호는 상관비를 향해 눈길도 주지 않았다.

"멈춰라!"

내공이 실린 일갈.

그 압박감에 조휘가 얼굴을 찌푸리며 뒤를 돌아봤다.

"또 무슨 볼일이 있으신지……."

"창천검패는 본가의 모든 명성을 대리한다. 네놈은 내가 모르는 검패의 주인. 이는 결코 간단한 사안이 아니다."

"……말씀드렸다시피 남궁소소 소저께서 이미 검패의 진위 여부를 확인해 주셨지 않습니까?"

남궁장호의 눈빛이 더욱 강렬해졌다.

"나는 지금 본 세가의 가주령을 대리하는 터! 내게도 증명해야 할 것이다!"

남궁세가의 후기지수들이 하나같이 놀란 얼굴을 했다.

남궁장호가 소검주로서의 권위를 드러내는 일은 좀처럼 드문 일이었다.

사실 창천검패의 진위 여부를 가린다는 것은 핑계였다.

일반인 따위가 논검으로 세가의 초극 검수를 이겼다는 것에 대한 강력한 불신. 결코 자존심이 용납하지 않는 것이다.

-재밌는 놈이구나. 한 사람의 검수로 모자람이 없다. 저 나
이에 결코 쉬이 이룰 수 없는 경지다.

머릿속에서 잔잔히 울려 퍼지는 검신 어르신의 음성.

조휘가 묘한 얼굴을 했다.

검신 어르신이 누군가에게 이 정도로 호감을 표현하는 것
을 보지 못했기 때문이다.

-밟는 맛이 있겠어.

네?

잘못 들었습니다?

-네놈 세계의 말로 '참교육'이 필요한 시점이 아니더냐?

차, 참교육이요?

아니 어르신!

여기서는 절대로 안 됩니다!

보는 눈이 이렇게 많은데 여기서 밟았(?)다가는 분명 온갖
성가신 일이 생길 게…….

-시끄럽다. 저놈이 원하는 대로 상대해 주거라.

하아…… 이젠 나도 모르겠다.

조휘가 하는 수 없이 나직이 한숨을 내쉬며 대답했다.

"후…… 원하시는 것이 뭡니까?"

남궁장호의 요구는 간단했다.

"논검!"

조휘가 그럴 줄 알았다는 듯 한숨을 내쉬며 뭐라 대답하려

는 찰나, 검신 어르신의 음성이 다시 들려왔다.

-내 말을 그대로 전하라. 절대 사족은 섞지 말고.

조휘가 잠시 동안 검신 어르신의 음성을 모두 듣고는 마침내 입을 열었다.

"남궁의 검은 중검(重劍)이자 정검(靜劍)인데, 왜 소검주께서는 쾌(快)와 예(藝)에 몰두하십니까?"

"뭐, 뭣?"

몹시 놀란 기색이 역력한 남궁장호의 눈동자.

조휘가 남궁장호의 눈을 유심히 들여다본다.

"소검주께서는 틀림없이 점(點)의 무학을 단련하고 있습니다. 더 이상 어둠 속에서 눈을 단련하지 마십시오. 검수가 안공(眼功)을 단련하는 것은 당연한 일이나 시계(視界)를 지나치게 의존하는 것은 좋지 않습니다."

"네, 네놈이 뭘 안다고!"

"점의 무학은 힘을 폭발하는 그 시점, 그 감각이 천부적이어야만 합니다. 강호에 지법(指法)의 고수가 드문 것은 다 그만한 이유가 있는 법이지요. 자질도 자질이지만 점의 무학은 결코 남궁의 검과는 어울리지 않습니다."

지금 이 새끼가 자신의 자질을 논하고 있는 건가?

게다가 남궁의 검이 뭐 어째?

항시 냉철한 기도를 자랑하던 남궁장호였지만 지금은 이성이 달아날 지경이다.

"당장 그 요사스러운 입을……!"

"부정하실 요량입니까? 도대체 얼마나 발검(拔劍)에 집착하면 팔이 그 모양이 되는 겁니까?"

남궁장호가 속내를 들킨 것마냥 얼굴이 푸르죽죽해졌다.

"내, 내 팔이 어떻다는 것이냐?"

"우수(右手)가 더 길지 않습니까? 게다가 어깨 부근이 볼록한 것이 운문혈(雲門穴)만 기형적으로 발달해 있군요. 발검에 집착하는 검수의 전형적인 특징입니다."

조휘의 말을 들은 주위 사람들의 시선이 모두 남궁장호의 팔을 향했다.

그러고 보니 그의 오른팔이 살짝 길었다.

오른쪽 어깨의 수실 무늬 역시 약간 위로 올라가 있었다.

"세월의 풍상에도 바스라지지 않고 오연히 자신을 드러내는 바위의 혼."

갑작스럽게 뭔가를 읊어 대는 조휘.

'부변암절(不變巖節)……?'

몹시 당황한 기색으로 굳어 버린 남궁장호.

"천하를 굽어보고 삼라만상을 포용하며 혼탁한 세상을 응징하는 거룡의 길."

조휘의 잔잔한 음성이 계속되자 남궁장호의 두 눈이 점점 홀린 듯이 반개한다.

'용비응도(龍飛應道)…….'

조휘의 음성이 조금씩 고양된다.

"격렬하지만 삿되지 않으며 천하를 짓누르다가도 만악(萬岳)을 포용하는 하늘의 본질!"

'제왕창천(帝王蒼天)……!'

갑자기 조휘가 추상같이 꾸짖는다.

"제왕의 도는 삿된 길로 돌아가지 않는 정(淨)이다! 천하를 오시하지만 자애롭게 포용하는 푸르디푸른 하늘(蒼天)이다! 이백 년 남궁가의 검 그 어디에 사특한 쾌(快)와 잡스러운 예(藝)가 있느냐!"

돌연 조휘가 혼비백산하며 입을 굳게 다문다.

'조, 좆됐다.'

너무 몰입한 나머지 검신 어르신의 말을 거르지 않고 그대로 말해 버렸다.

어, 어쩌지?

혹시 처맞는 거 아니야?

눈치 없는 상관비의 음성만이 조용히 장내를 휘감는다.

"사백 년인데……."

남궁세가에 입문하는 검수라면 기본 검공을 익히기 전에 반드시 암송해야 하는 구결이 있다.

창천결(蒼天決).

그것은 무공이라기보다는 세가의 검수로서의 정신을 닦기

위한 하나의 구결이다.

세가의 모든 검공의 기초가 되는 기본 중의 기본.

술에 취한 세가의 입문 무사들이 자랑스레 암송하며 저잣거리를 활보할 정도로 흔하게 알려진 남궁세가의 입문구결.

조휘라는 자는 단순히 그 구결을 읊었을 뿐이었다.

그러나 남궁장호는 정수리부터 발끝까지 관통당하는 듯한 격렬한 충격에 휩싸였다.

남궁세가의 소검주라 불리는 자신이, 그 누구보다 제왕의 도(道), 창천의 푸르름을 닮아야 할 자신이 놓치고 있었던 것.

그 마음가짐을 조휘라는 자가 일깨워 준 것이다.

언제부터였을까.

집착했던 것이.

그의 빠름(快)에 닿을 수 없었다.

수십, 수백 개의 검화(劍化).

그 매화의 빗속에서 일순이나마 절망했다.

화산소룡 청운소.

비슷한 나이에 똑같은 검을 들고 있었지만, 전혀 다른 세상을 살고 있는 사내.

그와 함께 육대신룡(六大新龍)의 명성을 누리고 있는 것 자체가 수치스러울 정도로 그의 신위는 천외천 그 자체였다.

그로부터 삼 년이 지난 지금까지 누구보다 뼈를 깎는 수련을 해 왔다고 자부했지만 결코 그를 넘어섰다고 자신할 수가 없었다.

시간은 공평한 법.

그 역시 성장했을 테니까.

막연히 그의 검속(劍速)을 따라잡으려 집착했다.

그러다 보니 마음이 예민해지고 거칠어지며 표독해졌다.

단 한 번도 경험해 보지 못했기에 결코 인정하기 싫었던 것.

그래, 그건 두려움이다.

결코 부정할 수 없는 감정.

그렇게 남궁장호는, 그로부터 삼 년이 지난 지금에 와서야 자기 자신에게 솔직해질 수 있었다.

"……조휘라고 했소?"

남궁소소를 비롯한 세가의 후기지수들 모두가 경악의 얼굴을 했다.

공대(恭待).

그의 무거운 음성은 틀림없는 공대였다.

한 대 때릴(?)까 싶어 자라목처럼 목을 움츠리고 있던 조휘가 어색한 얼굴을 하고 있었다.

"그, 그렇습니다."

남궁장호가 피식 웃는다.

"마치 아버지처럼 나를 꾸짖는구려."

"아…… 그게…….."

정중하게 포권하는 남궁장호.

"이 남궁장호. 그리 보는 눈이 없는 놈이 아니오. 더 이상 그대의 실력을 의심하지 않소."

단지 자신을 한 번 살핀 것만으로도, 삿된 길에 빠진 자신의 검을, 그 옹졸했던 마음까지 들여다보는 자다.

어떤 이유에서인지 어리숙하게 자신을 숨기고 있었지만 상대는 감히 자신이 알아보지 못할 정도의 엄청난 고수가 틀림없었다.

어쩌면 그 대단한 화산소룡보다 강할지도 모른다. 이 정도면 충분히 어르신의 제자라 할 만하다.

"본디 항렬을 따지자면 사승의 예를 다해야 마땅하나, 미력하나마 소가주의 위(位)를 맡고 있으니 공대밖에 하지 못함을 이해해 주시오."

더없이 정중한 음성.

예를 취하는 모습만 봐도, 그간 닦아 온 그의 수련이 얼마나 엄정했을지 미뤄 짐작할 수가 있었다.

'크! 여윽시 정파 클라스! 진짜 쩐다⋯⋯!'

조휘는 진심으로 감탄했다.

정도명가(正道名家)라는 것이 무엇인지 온몸으로 말하고 있는 사내.

사람이 곧바로 자신의 실수를 인정하는 것은 결코 쉽지 않다.

그것도 남궁세가의 소가주처럼 자존심 강한 사내라면 더

더욱.

한데 보라!

허리를 굽히면서도 당당하고 사승의 예를 거부하면서도 비겁하지 않았다.

조휘는 그가 정말 멋있었다.

치우침 없는 그 모습이.

"하하! 신경 쓰지 않으셔도 됩니다. 어르신께서 반강제로 하신 일이라…… 소저께서도 마음 쓰지 마십시오."

조휘도 강호세가의 엄격한 규범을 모르는 바는 아니다.

하지만 현대의 민주사회를 경험했던 자신에게는 너무도 어색한 규범이었다.

그 모든 광경을 지켜본 상관비로서는 경악을 금하지 않을 수 없었다.

소검주 남궁장호가 누군가?

무려 남궁세가의 소가주다, 소가주.

화룡상단의 셋째 아들인 자신조차도, 그저 먼발치에서 한 번 바라본 것이 그와 가진 접점의 전부.

무공을 모르는 터라 무슨 말을 주고받은 것인지 상세하게 알 수는 없었다.

하지만 어쨌든 분위기상 남궁장호가 조휘에게 탄복했고, 이제는 탄복을 넘어 호감마저 느끼고 있는 태가 역력했다.

자신의 인사조차 제대로 받아 주지 않던 그 대단한 남궁장호가.

이제는 마치 조휘가 다른 세상의 사람처럼 보일 지경이다.

그렇다면? 전략을 바꿀 때다!

"안녕하십니까? 저는 조휘의 '의형' 상관비라고 합니다!"

다시는 조휘와 '거래'라는 관계로 묶일 수 없다면, 그와의 친분이라도 최대한 활용하겠다는 심산!

실로 끈질긴 상인의 얄팍한 처세술!

남궁장호가 '의형'이라는 그의 말에 잠시 관심을 가지는 듯했으나.

"하하! '화룡상단'의 셋째 아들이기도 하지요!"

마치 홍보라도 하는 양 유난히 화룡상단이라는 단어에 힘을 줘 보는 상관비에게서 금방 시선을 거둔다.

호감으로 가득한 남궁장호의 시선이 어느덧 조휘에게로 가 있었던 것.

자신에게 잘 보이기 위해 몸부림치는 장사치들이라면 지긋지긋하게 보아 왔다.

"실례가 되지 않는다면 차라도 한 잔 나누시겠소?"

"영광입니다. 차보다는 술로 하지요."

"좋소!"

그렇게 조휘가 먼저 호쾌하게 발걸음을 옮기자, 상관비는 본전이라도 뽑겠다는 듯 조휘의 옷자락을 부여잡았다.

"자, 잠깐! 그럼 이거라도 좀 해 주게."

상관비가 내민 것은 화룡상단의 매입 장부.

조휘의 두 눈이 가늘게 찢어졌다.

"형님, 대강 좀 하십시오, 대강 좀. 화룡상단의 산법수들은
월봉도 안 받습니까?"

"……헤헤. 의제가 열 배, 아니 스무 배는 더 빠르지 않은가?"

상관비는 언젠가 조휘의 엄청난 계산 실력을 접한 후, 귀찮
을 정도로 장부의 계산을 부탁해 왔다.

"후…… 죄송합니다. 잠시만 실례하겠습니다."

남궁장호가 신경 쓰지 말라는 듯 손을 휘휘 저었다.

"아니오. 볼일 보시오."

그런 남궁장호를 향해 적당히 예를 취하더니 곧 조휘가 매
입 장부를 읊기 시작했다.

"연마 사백팔십 근, 결웅초 이천육백오십 근, 막초갈 칠백
구십 근, 천세모 팔백이십 근, 피견사 삼천이백 필, 견포 삼백
십 필……."

그렇게 조휘는 반각 동안 대충 여든 개 정도의 품목을 천
천히 훑더니, 품에서 목탄을 꺼내 장부 한편에 슥슥 계산식을
적었다.

곧 그가 대수롭지 않게 계산을 마쳤다.

"매입 장부에 적힌 여든 두 개의 품목이 전부라면 총 매입
가 사천팔백칠십세 냥이네요."

"사천팔백칠십세 냥?"

"네."

"고, 고맙네. 의제."

조휘의 두 눈이 또다시 가늘게 찢어졌다.

"이번 달 포목 매입이 꽤 많습니다? 새로운 거래처라도 뚫은 모양입니다만? 아니면 어디 수요가 좀 생겼나요?"

상관비의 얼굴이 일순 경계의 빛으로 물든다.

"어허! 요즘같이 시세가 쌀 때 미리 매입해 두는 것뿐이네!"

"이봐요, 이봐. 이래서 형님은 뼛속까지 상인이라니까요? 본인 밑천은 하나도 내놓지 않은 채 탐욕만 가득하니 제가 형님하고 무슨 일을 하겠습니까?"

"하하! 그럼 다음에 또 봄세!"

화급히 사라져 버리는 상관비.

조휘가 그런 그의 뒷모습을 질린다는 듯한 표정으로 쳐다보고 있는 그때.

-마, 말도 안 돼!

객잔의 이층에서 벌떡 일어나 경악의 얼굴을 하고 있는 청년이 있었다.

그는 일층에서 벌어지는 일련의 사건(?)들을 한껏 청력을 끌어올려 듣고 있던 소제갈 제갈운이었다.

남궁장호가 신경 쓰지 말라는 듯한 얼굴로 조휘를 안내했다.

"이제 자리에 가십시다."

"아, 예."

이층을 슬쩍 쳐다보고 있던 조휘가 자리에 앉자, 객잔의 계단이 부서지는 소리가 났다.

쾅쾅쾅쾅!

제갈운이 미친 듯이 내려오고 있는 것이다. 어느새 전광석화처럼 조휘에게 다가온 제갈운.

"어, 어떻게 그게 가능한 거죠? 왜? 어째서?"

당혹스러움이 가득 담긴 질문.

'하아…… 얜 또 뭐냐……?'

조휘가 뭐라 말대꾸를 하려던 찰나.

"각기 다른 무게의 품목만 여든 두 개! 그 양도 자그마치 육만여 근과 삼만여 필이 넘었죠! 도대체 어떻게 그런 암산이 가능하죠? 그대는 산신(算神)인가요?"

놀람을 넘어 경악의 얼굴을 하고 있는 제갈운.

기문진법(奇門陳法)과 역리(易理), 천문(天門), 토목기관지술(土木機關之術) 등 제갈세가가 자랑하는 대부분의 재주들은 산법에 기반하고 있다.

때문에 제갈세가의 제자들은 학문을 제대로 익히기도 전에 산법부터 먼저 배운다.

그만큼 제갈세가가 가장 중요시하는 학문이라는 뜻.

이 중원천지에 제갈세가만큼 수를 파고들고 산법에 몰두하는 집단은 단연코 없을 것이다.

기어 다닐 때부터 산목(算木)을 가지고 놀며 수를 익혔던 제갈운.

천재들의 소굴이라는 제갈세가에서조차 공명의 환생이라며 소제갈로 칭송받는 그다.

그런 그로서도 조휘의 산법 속도는 불가해의 영역이었다.

"무슨 산법을 쓴 것이죠? 격자산법? 주산? 아니, 산기(算機)가 없었으니 당연히 아니겠죠! 필산술(筆算術)의 일종이겠죠? 계척필법? 역측오략?"

뭐래, 싯팔! 그런 게 아니라고!

제갈운의 뜨거운 시선을 암담한 얼굴로 피하기만 하는 조휘.

학자로서 그의 탐구열을 모르는 바는 아니다. 설명만 할 수 있다면 솔직히 대답해 주고 싶다.

하지만 현대의 수학을 도대체 무슨 수로 설명하지?

현대의 수학과 중원세계 산법 간의 가장 큰 간극은 바로 제로(0)의 개념.

수학의 역사에서 제로의 발견이란 인간이 불을 발명한 것과 비슷한 대우를 받는다.

이 중원세계에서 제로를 표현하는 단어는 무(無) 혹은 공(空).

제로(0)를 수학적 인식하고 있는 것이 아니라 철학적으로 인식하고 있는 것이다.

때문에 중원 산법에서의 수(數)란 현대에서처럼 숫자의 조합이 아니라 그 하나하나가 모두 객체다.

아직 이 세계 인간들은 제로(0)와 음수(-)를 수로 인식하지 못하고 있다.

이 수학적 발견은 적어도 천 년은 지나서야 보편화될 것이다.

이 수학적 차이는 엄청난 비효율을 낳는다.

수를 모두 객체로 인식하고 있다 보니 서로 다른 열에 개수를 기록할 수밖에 없었다.

또한 암산하기 전에 각 열에 대한 덧셈과 곱셈을 설명한 각주가 있어야 했다.

그 각주가 없으면 계산식을 자신밖에 알아보지 못했고, 이는 타인의 검산이 불가능하다는 뜻.

이렇다 보니 현대 수학과 비교하기 민망할 정도의 비효율적인 계산이 되는 것이다.

반면 현대의 사칙연산식은 엄청나게 간단하다. 분수나 소수까지 필요한 계산도 아니었다.

계산할 품목이 많아 식이 조금 다양해진다 해도, 다항식이나 인수분해 정도만 할 줄 아는 현대인이라면 누구나 계산할 수 있는 정도다. 굳이 방정식까지 갈 필요도 없는 것이다.

이 간단한 것을 무슨 대단한 초능력인 양 받아들이는 제갈운을 바라보고 있자니 조휘는 기가 찰 노릇이었다.

문명의 차이가 주는 충격이 그토록 지대하단 말인가?

계척필법? 역측오략?

물론 조휘도 알고 있었다.

이름만 거창할 뿐 지극히 비효율적인 계산법.

수많은 한자로 덧칠된 이 총관의 장부를 볼 때면 웃음이 터져 나오는 것을 참을 수 없을 정도였다.

조휘는 한번 시험해 보기로 했다.

"다섯의 수에 공(空)을 곱하면 무슨 수가 되는지 아십니까?"

〈2권에 계속〉

슬기로운 회귀생활

※출판 일정에 따라 출간일은 변경될 수 있습니다.
2020년 11월 16일
1,2권 동시출간 예정!

은반지 현대판타지 장편소설

MORDERN FANTASY STORY

가문의 이익을 위해 길러진 개, 황재건.
당연하게도 그 인생의 끝은 토사구팽이었다.
철저히 이용만 당하다 버려진 그날,
세상은 그에게 또 한 번의 기회를 주었다.

[기반된 운명(運命)이 수레바퀴에 의해 뒤틀립니다.]

눈앞에 보이는 광경은 10여 년 전 머물던 방 안.
F급 각성으로 찬밥 신세를 면치 못했던 20살 때였다.

'이건…… 그냥 나잖아?'

그런데 SSS급 헌터의 힘이 그대로다.

※출판 일정에 따라 출간일은 변경될 수 있습니다.

2020년 9월 23일
1.2권 동시출간 예정!

선단기

체험 학습차 박물관에 방문한 유건(劉乾).
그곳에 있던 그림 하나가 그의 눈을 사로잡았다.

[백호좌애간월도(白虎坐崖看月圖)]

필치나 화풍이 특별하지 않은 그림을 살피던 도중
한 여성의 음성과 함께 극심한 고통이 밀려왔고
그림 속 백호가 튀어나와 유건을 집어삼켰다.

억겁과 같은 시간 속에 치밀어 오른 극통이 잦아들 무렵,
그가 눈을 뜬 곳은 밤하늘에 세 개의 달이 떠 있는 행성이자
선도를 밟는 신선들의 본향, 삼월천(三月天)이었다.

조휘 신무협 장편소

NEO ORIENTAL FANTASY STOR